中华古典文学选本丛书

辛弃疾词选

辛更儒
选注

中华书局

图书在版编目(CIP)数据

辛弃疾词选/辛更儒选注. —北京:中华书局,2023.4
(中华古典文学选本丛书)
ISBN 978-7-101-15924-0

Ⅰ.辛… Ⅱ.辛… Ⅲ.宋词-选集 Ⅳ.I222.844

中国版本图书馆 CIP 数据核字(2022)第 185245 号

书　　　名	辛弃疾词选	
选　　　注	辛更儒	
丛 书 名	中华古典文学选本丛书	
责任编辑	马　燕	
责任印制	陈丽娜	
出版发行	中华书局	
	(北京市丰台区太平桥西里 38 号　100073)	
	http://www.zhbc.com.cn	
	E-mail:zhbc@zhbc.com.cn	
印　　　刷	大厂回族自治县彩虹印刷有限公司	
版　　　次	2023 年 4 月第 1 版	
	2023 年 4 月第 1 次印刷	
规　　　格	开本/880×1230 毫米　1/32	
	印张 5⅞　插页 2　字数 150 千字	
印　　　数	1-5000 册	
国际书号	ISBN 978-7-101-15924-0	
定　　　价	28.00 元	

论伟大爱国词人辛弃疾及其稼轩词（代前言）

辛更儒

一、辛弃疾是南宋史上始终如一的爱国志士

辛弃疾一生，正如邓广铭先生所说：从 1161 年金主完颜亮南侵到 1206 年韩侂胄北伐，"这两次战役，以及介居于这两次战役之间的宋金两国间的其他斗争，辛稼轩几乎每一次都是很奋勇地投身在内，为保卫汉族人民及其文化的安全而贡献出他的智能和力量"（《略论辛稼轩及其词》，见增订本《稼轩词编年笺注》卷首，上海古籍出版社 1993 年版）。因此，我们可以确认，他是南宋历史上一位始终如一、坚定不移的爱国志士。

辛弃疾出生于金国统治的山东济南，在他二十二岁时，山东、河北人民为反抗民族压迫，乘金主亮南侵之机，爆发了大规模的反金起义。辛弃疾的祖父曾做过金朝南京开封府的知府，他本来是可以通过正常途径出仕为官的，但他却受民族大义的激励，纠集二千余人，同耿京共同组建了山东最大的起义军队伍，并且担任军中掌书记，成为起义军

的谋主,策划了攻占东平府、支援南宋水师的胶州湾之战和奉表南归的重大决策。最新发现的资料记载:"绍兴末,虏渝盟",辛弃疾"乃结义士耿京等,纠合忠义军二十五万,以图恢复。斩寇,取城,报功行在"(《菱湖辛氏族谱》卷首转引自元代《铅山志》)。

当宋高宗在建康府接见起义军代表时,辛弃疾"陈大计八条,上伟其忠"(所引同上。徐元杰的《稼轩辛公赞》也说:"洎高宗劳师建康,亟入条奏大计,上伟其忠。"见《梅野集》卷十一)。这八条大计今虽不得其详,但必然是就南宋抗金的决策问题,经过深思熟虑才发表的意见,其思辨的新颖和卓越,也应是南宋王朝和宋高宗本人前所未闻的,所以才"伟其忠,骤用之"(《稼轩辛公赞》)。后来他又曾向江淮宣抚使张浚建言出奇兵取山东,《朱子语类》卷一一〇《论兵》载:"辛弃疾颇谙晓兵事,云:'……某向见张魏公,说以分兵杀虏之势。……据山东,中原及燕,自不消得大段用力。'"(中华书局1986年版)这段记载,详述他的整个战略决策计划,其缜密及高瞻远瞩的思路与识见,又能从他再后所进献的《美芹十论》和《九议》等专门研讨战略问题的著作中窥见一斑。

辛弃疾南渡之初,不仅以提供战略理论名震江南,而且他又是一个有胆识的实践家。在与金兵浴血奋战的日子里,他曾"斩寇取城","壮岁旌旗拥万夫";在回归南宋之后,闻知其战友耿京为叛徒杀害,他亲率五十骑,深入金地六百里,在济州(今山东济宁)军营中活捉叛贼张安国,解送南宋行在所临安将其正法。他的这一英勇行为,振奋了民族精神，极大地鼓舞了南宋军民的抗金斗志。就连以怯懦著称的南宋文人洪迈，对此也表达了由衷的敬仰："余谓侯本中州隽人，抱忠仗义，章显闻于南邦。齐虏巧负国，赤手领五十骑，缚取于五万众中，如挟驹兔。束马衔枚，间关西秦淮，至通昼夜不粒食。壮声英概，懦士为之兴起，圣天子一见三叹息。"（洪迈《稼轩记》）

　　尽管辛弃疾南渡以后的四十多年间仕途坎坷，屡受南宋对金投降派的谗毁和排摈，但他抗金报国的壮志始终不曾消泯。为了国家的利益和民族的振兴，他不惜在垂暮之年出山，为抗金事业做最后的奋斗。嘉泰四年（1204）正月，辛弃疾入见，言金国必乱必亡，应当委托元老大臣，"务为仓猝可以应变之计"（《建炎以来朝野杂记》乙集卷十八《丙寅淮汉蜀口用兵事目》，中华书局 2000 年版），表达了勇于承担抗金重任的决心。并就理财用兵提出了具体的有价值的建议："究财货之源流，指山川之险易。金马玉堂之学士，闻所未闻；灞上棘门之将军，立之斯立。"（刘宰《漫塘集》卷十五《贺辛待制弃疾知镇江》）随后，他又在知镇江府备战期间，派遣间谍深入金朝腹地，对金国兵力部署情况做充分的侦察，表明了对未来的抗金战争必须慎重对待、不可匆遽浪战的负责态度。当专制朝政的韩侂胄不顾及一切不同意见，执意发动北伐而遭惨败后，已被罢黜回归铅山家中的辛弃疾，痛愤抗战大好局势的崩溃，积忧成疾，一病不起。临终之际，他还大呼"杀贼"数声而止。

二、稼轩词是我国传统文化中的瑰宝

辛弃疾是我国文学史上富有爱国主义思想的杰出词人,他的歌词,以杀敌报国、恢复失地为主题,集中反映了人民群众盼望祖国统一和民族强盛的愿望,表达了高昂的战斗精神。

辛弃疾痛愤女真贵族对中原的残暴统治,在《声声慢》(开元盛日)、《水龙吟》(渡江天马南来)等词中严斥敌人的入侵,深刻反映神州陆沉、胡骑纵横带给祖国的灾难,人民的痛苦,唱出了"平戎万里""西北洗胡沙"等时代最强音(《水调歌头》),被后人誉为"自有苍生以来所无"(刘克庄《辛稼轩集序》,《后村集》卷九八)。辛弃疾以抗金为己任,时刻准备率领千军万马,用武力收复失地,创建不朽功勋。他常以历史上抗击匈奴、突厥的英雄人物自期,并勉励他人,"取山河","定天山","了却君王天下事"(《江神子》等词,以上所引,均见增订本《稼轩词编年笺注》)。稼轩词"以激扬奋厉为主"(《词苑丛谈》,上海古籍出版社 1981 年版),充分展示了我国人民不屈不挠的斗争精神和民族气节,在中国古代诗歌史上是首屈一指的。

南宋统治集团一贯迫害打击抗金人士不遗余力,辛弃疾对此极为痛心和憎恶。他的词作如《满江红》(倦客新丰)、《贺新郎》(老大那堪说)等篇,对此力加谴责,对黑暗的社会现实一再予以揭露和嘲讽,"英雄感怆,有在常情之外"(刘辰翁《辛稼轩词序》,《须溪集》卷六),他的许多词作,反映当时的政治现实,体现了词人反抗政治压迫的坚强性格。

辛弃疾还创作了大量词作，描绘当时的农村生活、壮丽山河、人生情感，内容之丰富，情绪之饱满，显示了词人对祖国人民的深厚感情及对美好生活的追求，许多歌词都脍炙人口。

辛弃疾一生写作六百多首词，为两宋词人之最，其质量也是出类拔萃的。辛词取得很高的艺术成就，不但善于创造栩栩如生的艺术形象，善于运用诗的比兴手法、句法，长于用典，活用诗文中的成语，善于运用民间生动活泼的口语，使之成为南北两宋歌词艺术的集大成者，还对词体进行了大量多样化、规范化的革新尝试，创建出独具一格的稼轩体。

运用神奇想象，表现富有生命活力的形象，原为辛词所擅长。他的《沁园春·灵山齐庵赋》以驰骤回旋的万马比喻灵山的重峦叠嶂，以十万待命出征的壮士比喻偃湖的松林，把静止的山水写得活灵活现，赋予其鲜明的个性。他在《木兰花慢·中秋饮酒将旦》词中以"诗人想象，直悟月轮绕地之理"（王国维《人间词话》），为后人所乐道。他如《太常引·建康中秋》等词也都以浪漫的想象寄托他的审美情趣。

辛词运用诗比兴象征手法，表达词人的思想感受。典型之作如《摸鱼儿·淳熙己亥自湖北漕移湖南》，借用几番风雨、天涯芳草、蛛网飞絮、烟柳斜阳等阑珊迷乱景物刻画其惜春、伤春的情怀，表达他对南宋国势和恢复事业的关注、忧伤、愤惋。《贺新郎·赋琵琶》等词运用

"状物写志"的手段,集中唐开元全盛至其衰败的典故,表达逸豫亡国的兴亡之感。辛词采用象征借喻的写法,自是继承了《诗经》《离骚》以来诗的优秀传统,开拓了词的艺术表现能力。

前人称辛词为"稼轩体"(范开《稼轩词》甲集序),此即指辛词借鉴诗的创作理论和表现形式,进一步拓展了词的内容;同时,还借鉴了辞赋、散文等多种文体的创作方法,丰富和扩大了词的创作手段和表现能力。辛词是一个融汇了多种形式多种艺术风格的组合体,它虽以"悲壮激烈"为主(《宋史》卷四〇一本传),却能在"激扬奋厉"之外,时时"昵狎温柔,销魂意尽"(《词苑丛谈》卷二),呈现出不主故常、摇曳多姿的面貌。"盖曲者曲也,固当以委曲为体。然徒狃于风情婉变,则亦不足以启人意。"(《怀古录校注》卷中,中华书局1993年版)就其风格而论,辛词既有豪放沉郁,亦有秾纤绵密、淡雅妩媚之作。而其遣词造句,无论文雅蕴藉、清新脱俗还是平易幽默,都显现了歌词起源于民间的本色。

辛弃疾的歌词,既用来反映抗金报国的重大主题和爱国志士壮志难酬的坎坷遭遇,其境界的雄奇阔大,气势的郁勃激荡,自然是历来歌词作者所不具备,甚至在词史上以旷放为宗旨的著名词人苏轼也都无法比拟。辛词在南宋文坛上享有很高的声誉,在中国文学史上占有崇高的地位。稼轩词是我国传统文化中的瑰宝。

目　录

词选

汉宫春　立春日[1]

春已归来，看美人头上，袅袅春幡[2]。无端风雨，未肯收尽余寒。年时燕子，料今宵梦到西园[3]。浑未办黄柑荐酒，更传青韭堆盘[4]？　　却笑东风从此，便熏梅染柳，更没些闲[5]。闲时又来镜里，转变朱颜[6]。清愁不断，问何人会解连环[7]？生怕见花开花落，朝来寒雁先还[8]。

作者南归后首次在江南度过立春，虽然没有做好应节迎春的准备，却积蓄了许多春愁和种种担忧，以致最怕在江南老于牖下，比不上塞雁尚能年年北归。春光人事，情景交融。前人说此词颇有寄托，那就是一种不甘于南归不返的强烈思乡的愿望。作者以清新的词风一扫南宋词坛的靡靡之音，不愧为稼轩词的开篇之作。

1　绍兴三十二年(1162)十二月二十四日立春。这是作者南渡后在江阴所遭逢的第一个立春日，尚在隆兴元年元日之前。

2　美人：指作者夫人赵氏。当作者南渡之初，受命为江阴军签判之时,其在北方的发妻赵氏与其二子辛稹、辛秬皆已先期抵达江阴军。春幡:宋人立春习俗,用纸或帛制成旗帜采胜插于头上。

3　无端:无缘无故。余寒:指冬去的寒气。年时燕子:指去年在南方过冬的燕子。西园:作者在济南四风闸的故居花园。

4　浑:全然。未办:没有。更传:岂能传唤。北宋人用黄柑酿酒,用五种辣味菜配成五辛盘,都是立春日的酒肴。这两句说黄柑酒、五辛盘皆未备办,立春日过着简单草率的生活。

5　熏梅染柳:言自然造化之神工,催开了梅,染绿了柳。

6　转变朱颜:红颜渐老。

7　"清愁"句:春愁如环,连环相扣。会解:能解。

8　生怕见:最怕。花开花落:春来春去。塞雁:飞往北方的雁。

满江红

点火樱桃，照一架荼蘼如雪[1]。春正好见龙孙穿破，紫苔苍壁[2]。乳燕引雏飞力弱，流莺唤友娇声怯。问春归不肯带愁归，肠千结[3]。　　层楼望，春山叠。家何在？烟波隔。把古今遗恨，向他谁说[4]？蝴蝶不传千里梦，子规叫断三更月[5]。听声声枕上劝人归，归难得。

据词中"家何在？烟波隔"句，知这首词作于南归不久，是在江阴签判任上的作品，即隆兴元年（1163）所作。大江限隔了南北往来，使作者的归乡梦成了永难实现之痛。词中以艳丽的景色寄托对故国的哀思，表明作者于南渡之初两次条奏恢复大计之际，其心胸之间，爱国热情之高涨，乃其自北来南素所蕴含之理想信念所使然，非因景生情，偶尔激发所致。

1　荼蘼：攀缘植物，春末开花，白色。

2　龙孙：谓笋。此二句谓竹笋生命力极强，穿破青壁紫苔而生。苍壁：土和石。

3　乳燕引雏：哺燕引领雏燕。流莺：飞莺。肠千结：言愁绪纠结难解。

4   古今遗恨:此应指有家难归之恨。他谁:即谁人。

5   "蝴蝶"句:庄周曾梦中化为蝴蝶,梦中不知是庄周,醒来才知还是庄周。子规:杜鹃。以春分先鸣,至夏尤甚,鸣声"不若归去"。

满江红　暮春

家住江南，又过了清明寒食[1]。花径里一番风雨，一番狼藉[2]。红粉暗随流水去，园林渐觉清阴密[3]。算年年落尽刺桐花，寒无力[4]。　　庭院静，空相忆。无说处，闲愁极。怕流莺乳燕，得知消息[5]。尺素如今何处也？彩云依旧无踪迹[6]。谩教人羞去上层楼，平芜碧[7]。

从词中"家住江南，又过了清明寒食"句可知，这首词作于作者南渡后的第二个寒食，即隆兴二年(1164)初夏。前一年的符离之役所给予作者的巨大刺激，刻骨铭心。"一番风雨，一番狼藉"，作者用传统的比兴写法，暗喻符离之败所带给南宋的惨痛教训和无穷后患。而下片更是借夏日景物，反映作者心中的失望、彷徨和迷惑。这首词是作者南归之初心路历程的真实写照。

1　清明寒食：立春之后第四个节气是清明，寒食在清明前两天。

2　"花径"句：指风雨过后，落花满地，零乱不整。隆兴元年(1163)夏,宋孝宗采纳张浚之建议,对金发动军事进攻,符离之役,宋师全军溃退。此二句,即暗指一年前的符离惨败。

3　红粉:红白两色落花。暗:无声。清阴密:指树叶繁茂。

4　刺桐花:深红色,叶大类桐,故称刺桐。刺桐夏初开花,如叶先萌芽而其花后开,则五谷丰熟。刺桐花早开,于清明日落尽,喻诸事不如意。算:正。

5　流莺乳燕:飞莺和哺雏的燕。得知消息:指莺燕皆栖息于庭院中,怕它们得知主人的闲愁,而四处张扬。

6　尺素:指书信。素:生绢。彩云:诗词多指美好的人和物。二句言中并无好的音信传来,希望都已落空。

7　谩:空,同漫。平芜:荒草满地。

满江红

倦客新丰，貂裘敝征尘满目[1]。弹短铗，青蛇三尺，浩歌谁续[2]？不念英雄江左老，用之可以尊中国[3]。叹诗书万卷致君人，翻沉陆[4]！   休感慨，浇醽醁[5]。人易老，欢难足。有玉人怜我，为簪黄菊[6]。且置请缨封万户，竟须卖剑酬黄犊[7]。甚当年寂寞贾长沙，伤时哭[8]！

作者曾于绍兴三十二年（1162）向张浚极论恢复大计，又于隆兴二年（1164）秋进奏《美芹十论》，力主攻金，皆不为君相所用。而朝廷遂与金人结盟罢兵，置恢复大业于不顾，伤害爱国志士之心，故作此词以抒悲愤。时稼轩江阴签判任满，尚未任广德军通判，遂以弃官的马周、进言不从的苏秦、初为幕宾的冯谖自比，借以抒发满腔悲愤。下片虽故作宽慰之词，却用贾谊因伤时痛哭丧生为喻，长歌当哭，心情沉重无比。

1　倦客新丰：指唐初马周倦游做客之事。马周曾西游长安，宿于临潼以东的新丰，因坎坷不遇，所以独饮一斗八升。貂裘：指苏秦落魄事。战国苏秦游说秦惠王未成，貂皮衣破敝，面目枯槁而归。

2   齐人冯谖寄食孟尝君门下,倚柱弹剑,作歌道:"长铗(jiá)归来乎,食无鱼!"铗:剑柄。青蛇三尺:喻指三尺长剑。

3   江左:江东,东晋建都建康(今南京),称建康以东为江左。尊中国:华夏民族生活于黄河流域,以其地为天下中心,故称为中国。作者以为,只有英雄出为世用,才可以尊中国而攘外夷。

4   诗书万卷致君人:读书万卷原是要辅佐皇帝成为尧、舜那样的君主。翻沉陆:没想到反而使自己陷于被动无援的地步。沉陆原指陆地塌陷,此处自喻。

5   醽醁(líng lù):湘东产醽醁酒。浇:饮酒。胸中有不平事,要用酒浇灭。

6   玉人:洁白如玉的女人。

7   置:搁置。济南人终军受命出使南越,自告奋勇,要用长缨把南越王捆绑送到长安宫阙下。万户侯是汉代立功者受封的爵位。缨:绳子。汉人龚遂为渤海太守,下令民间不许携带刀剑,让他们卖剑买牛,卖刀买犊。竟须:直须,必须。酬:报答,交换。

8   贾谊先后为长沙王、梁怀王太傅,感念时事危急,匈奴强盛,内乱不止,多次上疏言事,可为痛哭、流涕、长太息。后来又因梁王死,自责而痛哭。甚,正。也可解作疑问词。

满江红　中秋寄远

快上西楼，怕天放浮云遮月[1]。但（平声）唤取玉纤横管，一声吹裂[2]！谁做冰壶凉世界？最怜玉斧修时节[3]。问嫦娥孤令有愁无？应华发[4]。　　云液满，琼杯滑。长袖舞，清歌咽[5]。叹十常八九，欲磨还缺[6]。但愿长圆如此夜，人情未必看承别[7]。把从前离恨总成欢，归时说。

———　这首《满江红》题作中秋寄远，实即寄内词。作者于绍兴末年南归，夫人赵氏即寓家于江阴军。等到作者再任广德军通判时，赵氏未能随同赴任，因于中秋日作此词寄之。其时或即在乾道元年（1165）秋。中秋有云无月，令作者担忧；继而云散月出，又愿明月长圆。此词虽为寄内，仅只歇拍"把从前离恨总成欢，归时说"一语而已。全词所写，乃对美好事物的热切追求。

———　1　放：教。宋人常用语。
　　2　但：只。玉纤：纤纤玉手。横管：笛。一声吹裂，指笛声高亢，可以吹裂浮云，重现明月。苏轼诗有"安得道人携笛去？

一声吹裂翠崖冈"句,此句效此。吹笛自裂的典故则见《贺新郎·陈同父自东阳来过余》词注释。

3 冰壶凉世界:喻月之清凉。最怜:最爱。"玉斧"句,传月中凸凹不平处,有八万二千多户人常年持斧修月。修时节:指中秋月圆时。

4 孤令:同孤零。

5 云液:酒名。琼杯:玉制酒杯。长袖:善舞。咽:低沉。

6 十常八九:黄庭坚诗有"人生不如意,十事常八九"句。磨:古代的铜镜是打磨而成,故磨指圆月如镜。缺:缺月。

7 看承:宋人常用语,犹如看重、照管。此句言人们的感情未必照管离别。

念奴娇

登建康赏心亭，呈史留守致道[1]

我来吊古，上危楼赢得，闲愁千斛[2]。虎踞龙盘何处是？只有兴亡满目[3]。柳外斜阳，水边归鸟，陇上吹乔木。片帆西去，一声谁喷霜竹[4]？　　却忆安石风流，东山岁晚，泪落哀筝曲。儿辈功名都付与，长日惟消棋局[5]。宝镜难寻，碧云将暮，谁劝杯中绿[6]？江头风怒，朝来波浪翻屋[7]。

———

作者曾于南归之初所上的《美芹十论》中建言南宋迁都建康，以示北伐的决心。而他在居官建康府时，空见山川形势的险要，却不见南宋当局有恢复之举措，未见任何作为，因而见景生情，不免有兴亡之感。下片则从谢安苦撑东晋政权的历史回顾中抒发作者对时局的忧虑，大有形势险恶、壮士扼腕的感慨。此词可以概见作者的忧国情怀。全篇气魄极大，而风格沉郁悲壮。

———

1　赏心亭在建康府下水门城上，下临秦淮河，有观赏之胜。

作者于乾道四五两年任通判建康府，作此词上知府史正志。正志，字致道，颇有志于事功。

2　吊古：凭吊古迹。危楼：高楼，指赏心亭。闲愁千斛：闲愁无尽。一斛为十斗。

3　三国时，诸葛亮出使至金陵，观秣陵山阜，有"钟山龙盘，石头虎踞，帝王之宅"的评语。然而映满眼前的，却只有兴亡陈迹。

4　陇上：田间。吹乔木：风吹高树。喷：吹奏。霜竹：指笛。

5　东晋谢安，字安石，寓居会稽，放情丘壑，四十余岁始仕进。其时北方符坚强盛，谢安以其弟谢石及其侄谢玄等取得淝水大捷。当前线胜敌捷报传来时，他正与同僚下围棋。但他始终未忘会稽东山的游兴，所以南齐人王俭曾说："江左风流宰相，惟有谢安。"此外，谢安晚年颇受谄邪小人离间，所以桓伊在孝武帝宴上抚筝，自歌一首怨诗，为谢安分疏，其中有"为君既不易，为臣良独难。忠信事不显，乃有见疑患"等语。

6　宝镜：当指明月。碧云：晚间的云霞。杯中绿：指酒。

7　朝来：早晨。翻屋：江风怒号，以致波浪翻进江边的屋中。

满江红

题冷泉亭¹

　　直节堂堂，看夹道冠缨拱立²。渐翠谷
群仙东下，佩环声急³。谁信天锋飞堕地？
傍湖千丈开青壁⁴。是当年玉斧削方壶⁵，无
人识。　　山水润，琅玕湿。秋露下，琼珠
滴。向危亭横跨，玉渊澄碧⁶。醉舞且摇鸾凤
影，浩歌莫遣鱼龙泣⁷。恨此中风物本吾家，
今为客⁸。

　　这首词是乾道七年（1171）秋作者在临安任司农寺簿时
所作。作者赋写飞来峰、冷泉亭的美景，拉杂而写松柏、青壁、
危亭、玉渊，自上片而下，打乱两片结构，写到人在此地的歌
舞。全篇直到结尾，方如赋体曲终奏雅，仅"风物本吾家，今
为客"一句，即写尽客寓的不如意和无穷乡愁，表明作者在南
归的最初十年中，无时无刻不在思念家乡的炽热情感。

1　冷泉亭在临安灵隐寺外，飞来峰下，唐刺史元𫐐建。亭跨
　石门涧，建在涧水中。今移在岸上，是后人重建。

2　直节：竹。冠缨：松。此言冷泉亭前道旁所植松竹，至今犹存古貌。

3　指石门涧水声，如一群仙女的佩环叮咚作响。

4　据说飞来峰原是中天竺国灵鹫山之小岭，不知何年飞来此地。飞来峰石壁上凿有佛像。

5　方壶：渤海之东的五座仙山之一。

6　琅玕（láng gān）：美玉，此指山石。危亭：高亭，指冷泉亭。玉渊：石门涧。

7　舞姿映照水中，如鸾凤飞舞。高歌一曲，不使鱼龙哭泣。鱼龙：指水族。

8　作者故乡济南，有大明湖等泉石胜概，风景不减此地。惜作者千里南渡，竟成客寓江南之势，故见冷泉亭风物，而发此慨叹。

青玉案　元夕[1]

东风夜放花千树。更吹落，星如雨[2]。宝马雕车香满路[3]。凤箫声动，玉壶光转，一夜鱼龙舞[4]。　　蛾儿雪柳黄金缕，笑语盈盈暗香去[5]。众里寻他千百度，蓦然回首，那人却在，灯火阑珊处[6]。

这首词在稼轩词中别具一格，是涉及情爱的作品。词中不仅写出了元夕热闹奇丽的狂欢场景，还写了两个自怜幽独的有情人之间的吸引和寻觅。此词以写实的手法，记录了一次人生经历。这反映了作者经常受到冷落的生活经历，却也寄寓着对美好人生的向往。而引人寻味的是，其中又揭示了一个哲理：历经艰难追索之后，人生往往有意想不到的收获。

1　这是都城元夕观灯所作。宋人元夕放灯，从正月十四日夜始，十六日夜结束，皇宫、官署、贵臣府第皆造鳌山，悬灯火，杂陈百戏，供游人士女观赏。此词当作于乾道七年正月在司农寺簿任上。

2　花千树：千株灯树。星如雨：花灯中有一种灯球，以竹竿挑于空中，高高低低，如星如雨。

3　宝马雕车：贵族妇女的马车。香满路：香气弥漫道路。

4　凤箫：是萧史引来凤凰的那种箫。玉壶：宋代福州所进的灯，用白玉制成。鱼龙舞：自西域传来，是汉代就有的杂技百戏。

5　蛾儿、雪柳：是元宵夜妇女头上的饰物。黄金缕：舞衣。李白《赠裴司马》诗："翡翠黄金缕，绣成歌舞衣。"笑语盈盈：笑声话语，清盈动听。暗香：指少女散发的淡淡香气。

6　蓦（mò）然：突然。那人：意中人，一个属意的女子。阑珊：指灯火稀疏。

新荷叶

和赵德庄韵[1]

人已归来，杜鹃欲劝谁归[2]？绿树如云，等闲付与莺飞[3]。兔葵燕麦，问刘郎几度沾衣[4]！翠屏幽梦，觉来水绕山围[5]。　　有酒重携，小园随意芳菲。往日繁华，而今物是人非[6]。春风半面，记当年初识崔徽[7]。南云雁少，锦书无个因依[8]。

　　这首词，就是刘克庄所谓稼轩词中的"秾纤绵密者"。全词笔调缠绵伤感，风格秾纤艳丽，述说了对往日宦游生涯和交游情谊的留恋。作者故地重来，充满了对友人的思念，也抒发了物是人非、百不如意的感怀。因为这次作者所担任的职务同前次一样，都不可能充分施展其才干，因此产生了刘禹锡那样的怨愤。稼轩词虽以豪放著称，却也有清而丽、婉而媚之作，是东坡词所不具备的。

1　赵彦端：字德庄，是作者通判建康府时任江东转运判官的同僚。到了淳熙元年（1174），赵彦端已退休，寓居饶州余干县。他写了两首同调词,其中说:"欲暑还凉,如春有意重归。春若归来,任他莺老花飞。"又说:"回首分携,光风冉冉菲菲。曾几何时,故山疑梦还非。"而作者再回建康,任江东安抚司参议官。这是作者的和韵词。

2　人已归来:指作者再归建康。杜鹃:鸟名,鸣声似呼唤人归。

3　两句所写,颇似丘迟《与陈伯之书》:"暮春三月,江南草长。杂花生树,群莺乱飞。见故国之旗鼓,感生平于畴日。"等闲:恰好。

4　兔葵燕麦:野生的草和麦名。唐刘禹锡曾游京师玄都观,看花赠诸君子,有"紫陌红尘拂面来,无人不道看花回"的诗句。因诗含讥讽,被贬出外地任职。十四年后再归京师,重游玄都,荡然无复一树,惟见兔葵燕麦,动摇春风。作者感伤自己的经历,故自比刘禹锡,有"人已归来"及"刘郎几度沾衣"语,寄托抑郁之感。

5　翠屏:绿色屏风,卧室用具。觉来:睡醒以后。

6　小园:当指官舍。物是人非:重来建康后,旧交星散,繁华消沉。

7　春风半面:梁元帝徐妃曾化半面妆。此处的半面,只是说有一面之识。崔徽:唐河中府歌舞女,为裴敬中所宠爱,后为情而死。此处大概指在建康府结交的歌妓。

8　南云：陆机、狄仁杰都有见南云而思亲友的故事。无个：没一个。因依：凭依。

菩萨蛮

金陵赏心亭为叶丞相赋[1]

青山欲共高人语，联翩万马来无数[2]。烟雨却低回，望来终不来[3]。　　人言头上发，总向愁中白。拍手笑沙鸥，一身都是愁[4]。

————

　　这首词连续运用拟人的笔法，描写作者独自登上赏心亭所眺望到的雨中金陵山色，表达了作者对友人叶衡的深沉友情，以及壮志难酬、屡受抑扼的苦闷情怀。他对叶衡寄予了极大的希望。叶衡入相以后，果然力荐辛弃疾"慷慨有大略"，召之入朝，为其此后创建功业方面帮助甚大。

————

1　叶衡：字梦锡，淳熙元年知建康府，被召，拜右丞相。叶衡是作者任建康通判时的同官，本年初，作者任江东安抚司参议官时，正是叶衡的僚属。叶衡善理财管兵，与作者友谊很深厚。

2　苏轼有"青山偃蹇如高人，常时不肯入官府"的诗句。"青山"二句是说：青山想和高人对话，而青山也如同奔腾驰骤的万马，驰骋向前。

3　"烟雨"二句:低回的烟雨,阻碍了青山的去路,让青山不能和高人对语。

4　"人言"四句:都说白发因愁而生,我不禁要拍手嘲笑那些白色沙鸥,难道它们一身都是愁吗?

太常引

建康中秋夜为吕叔潜赋[1]

一轮秋影转金波，飞镜又重磨[2]。把酒问姮娥：被白发欺人奈何[3]？　　乘风好去，长空万里，直下看山河[4]。斫去桂婆娑，人道是清光更多[5]。

───

这是一首咏月词，解词者多以为其寓意深刻，往往衍生一些荒诞之说。词中用戏谑的笔法，既写出人们对美好月光的享受，又表达了人们在月下遨游长空的夙愿，更把铲除黑暗的理念融入其中（指月中阴影），充分体现了作者思想境界的崇高。

───

1　吕叔潜：名大虬，南宋学者吕祖谦的从叔，此时或寓居镇江，与作者何时相识无考。这首词作于淳熙元年的中秋。

2　秋影、金波：均指月光。飞镜：喻指月如新近磨亮的铜镜。飞镜重磨：比喻月再圆。

3　姮娥：原为后羿的妃子，因偷食后羿得到的不死药，飞入月中，为月神，汉以后称为嫦娥。"把酒"二句：是说举杯问月，把黑发照成了白发，这不是欺负人吗？

4 "乘风"三句：作者想象自己在万里长空中乘风而行，俯视大地山河。好去：应去。

5 桂婆娑：月中有桂树，桂影婆娑。作者想象，假如能砍去月中的桂树，也许月光更加清澈。"桂婆娑"当指当时朝中擅政的佞幸和兴风作浪的主和派。这是用杜甫咏月诗句"斫却月中桂，清光应更多"。斫（zhuó）：砍。

水龙吟

登建康赏心亭

楚天千里清秋，水随天去秋无际[1]。遥岑远目，献愁供恨，玉簪螺髻[2]。落日楼头，断鸿声里，江南游子[3]。把吴钩看了，栏干拍遍，无人会，登临意[4]。　　休说鲈鱼堪脍，尽西风季鹰归未[5]？求田问舍，怕应羞见，刘郎才气[6]。可惜流年，忧愁风雨，树犹如此[7]！倩何人唤取，红巾翠袖，揾英雄泪[8]？

作于淳熙元年(1174)秋的这首词，是稼轩词中的名篇。作者南归十二年后，沉滞下僚，于再登赏心亭之际，眺望楚地大好河山，慷慨悲歌，尽情抒发报国豪情及壮志难酬的苦闷。上片写景，气势雄壮。"江南游子"以下，过渡到抒情。下片逐层推进，先说不肯如张翰之归乡，再说不肯如许汜之退隐，志士情怀，忧国日深。最后述说英雄落泪，无人安慰。寓万丈豪情于委婉蕴藉之中，艺术上独造高深之境。

1　楚天：指江东，其地域原为战国时的楚地。水随天去：指长江浩荡东流，直入天际。

2　遥岑（cén）远目：极目远山。远山犹如女人的头饰，好像倒立的玉簪，又好像田螺似的发髻，但总带给人愁眉苦脸的感觉。

3　"落日"三句：日从楼头落下，在一片孤鸿的鸣叫声中，有一个来自北方的江南游子。断鸿：离群失偶的大雁。

4　吴钩：春秋时吴王阖闾（hé lú）所造，有人杀二子取血衅金而成。看吴钩：寓有雪耻复仇之志。虽手拍栏杆，却没有人能理会登亭时的感受。

5　晋人张翰，字季鹰，在洛阳为官，秋风起，想起家乡吴中的鲈鱼鲙（kuài）、莼（chún）菜羹，决定弃官而归。休说：不必提起。尽：任，全。虽然全是西风，可是张季鹰却并未能归去。作者因未能归乡，所以用问句。

6　《三国志》说，陈登元龙，被许汜称为"湖海之士，豪气不除"的一个人，但他却瞧不起许汜，对他不行客主之礼。而刘备也责备许汜在天下大乱之际"求田问舍，言无可采"。刘郎：指刘备。以其有志于天下，故作者称许为"刘郎才气"。

7　流年：似水年华。忧愁风雨：用愁风愁雨喻指忧国伤时。

东晋桓温自江陵北伐,途经金城,见年少做琅玡太守时所种柳树已经有十围,慨然道:"树犹如此,人何以堪?"

8 倩:请。红巾翠袖:女子装束。揾(wèn):擦拭。

菩萨蛮

书江西造口壁[1]

郁孤台下清江水，中间多少行人泪[2]？西北望长安，可怜无数山[3]。　　青山遮不住，毕竟东流去[4]。江晚正愁余，山深闻鹧鸪[5]。

这首词是写郁孤台北望的情怀，不是咏造口词。作者出任江西提刑，讨平茶商军，建功立业，却不能率军北伐，收复失地。因此在登临郁孤台时，不免产生怀念中原的强烈情感。全词借赣江上游行船的艰辛起兴，寄托恢复事业的曲折艰难。此词亮点在下片前两句，青山遮不住大江的东流，写其坚定不移的信念和决心。结语回归行路艰难的传统主题，照应开篇。

1　淳熙二年（1175）秋，作者自临安出为江西提刑，提刑司在赣州。这首词作于第二年的春末，书写于吉州万安县的造口石壁上。

2　郁孤台：山在赣州西北，一处登览胜地。其下临赣江。清江水：指赣江上游清澈的江水。赣江由章、贡二水汇合而成，北入鄱阳湖，其清江一段，在樟树，不是此词所指。赣江上游水急滩险,行船艰难,行人视为畏途。

3　自郁孤台北望,长安正在西北。唐人李勉为虔州刺史(南宋始改虔州为赣州),登郁孤台北望,有"心在魏阙"之语。实地登临,则举头不见长安,只见万重山峦。可怜:可惜。言长安为青山所障。

4　毕竟:终竟。此指赣江水虽有群山遮拦,终究阻挡不住,直到汇入长江,滚滚东流。

5　正愁余:即"余正愁"。鹧鸪于晚春啼鸣,音似"行不得也哥哥"。

水调歌头

和马叔度游月波楼[1]

　　客子久不到，好景为君留。西楼着意吟赏，何必问更筹[2]？唤起一天明月，照我满怀冰雪，浩荡百川流[3]。鲸饮未吞海，剑气已横秋[4]。　　野光浮，天宇迥，物华幽。中州遗恨，不知今夜几人愁[5]？谁念英雄老矣，不道功名蕞尔[6]，决策尚悠悠。此事费分说，来日且扶头[7]。

　　这首词通过送马叔度游月波楼，借以抒写胸中的怀抱和志向。上片写夜晚月波楼的美景，豪放而有气势。下片借景抒情，既写广大民众怀念故国的感情，又写个人创建功名的担忧。"谁念"三句，写出了南宋最高当局决策恢复大计的艰难和犹豫。此词正是乾道末至淳熙初，孝宗及其宰执大臣雄心不再、壮图消沉的真实写照。全词呈现雄放与幽深结合的风貌，与稼轩词的传统格调略有不同。

　　1　马叔度：名万顷，亳州布衣。淳熙三年(1176)九月，吏部侍郎赵粹中举马万顷应贤良方正能直言极谏科考证,因不及格,上命赐束帛罢之。淳熙四年(1177)秋,作者知江陵府兼湖北安抚使。马万顷做客,顺道来作月波楼之游,作者作词送其行。月波楼:在黄州州治西城。

2　更筹:报时的牌子。

3　"唤起"三句,言月光照映下,心胸一片光明皎洁,文思如百川流水,浩荡不竭。

4　鲸饮:饮酒如鲸吞海水。剑气横秋:剑气充塞秋空。

5　中州:河南地。北宋灭亡后,江南一带流传一首民歌,有"月子弯弯照几州? 几家欢乐几家愁? 几家夫妇同罗帐,几家飘散在他州"等语。中州遗恨:应指北宋亡国之恨。

6　功名蕞尔:小功名。蕞(zuì)尔:小的样子。

7　扶头:代指酒。

念奴娇

书东流村壁[1]

　　野棠花落，又匆匆过了，清明时节[2]。划地东风欺客梦，一夜云屏寒怯[3]。曲岸持觞，垂杨系马，此地曾轻别[4]。楼空人去，旧游飞燕能说[5]。　　闻道绮陌东头，行人曾见，帘底纤纤月[6]。旧恨春江流不断，新恨云山千叠[7]。料得明朝，樽前重见，镜里花难折[8]。也应惊问，近来多少华发？

　　这是一首艳情词，写清明过后的旧地重游，痛感与昔日相识的一位女子不能再续前缘的故事。往日的村女，如今的歌妓，身份变化，恋情难再。"旧恨""新恨"两句，比喻贴切，是传诵千古的佳句。有人把这首词同北宋的灭亡、徽钦二帝北狩联系起来，是过分解读和误判。

1　东流：县名，在长江中游池州西一百八十里。作者于淳熙五年（1178）春自江西安抚使任上被召，行途过东流，书此词于某村壁。

2 野棠花：野海棠花，春间开，清明谢。

3 刬（chǎn）地：依然。欺客梦：言春风吹醒了睡梦中的客人。虽有屏风，却抵御不了寒冷。云屏：镶嵌云母的屏风。

4 "曲岸"三句是回忆。在曲水边上传杯饮酒，在垂柳树上系马，曾与心上人轻率道别。曲水流觞是三月初三楚地的风俗，也是士女游冶的佳时。

5 "楼空"二句：小楼人去，往事只有燕子能说。据白居易《燕子楼》诗记载，彭城有张尚书旧宅，尚书死后，爱妓盼盼独自住此十余年。宋人苏轼词有"燕子楼空，佳人何在？空锁楼中燕"的名句。

6 闻道：听说。绮陌：城市中交错的道路。帘底纤纤月：用纤月喻指帘下美人。

7 "旧恨"二句：旧恨新恨如流不尽的春江水，如千重万重的云山。

8 料得：预期。樽前：酒席上。镜里花：喻心上人。《维摩诘经》用"镜中像"喻指不可捕捉的事物。此女既在酒席上重见，似乎是陪酒的歌妓，故而只能作镜中花看，而不能摘艳。

鹧鸪天

唱彻《阳关》泪未干，功名余事且加餐[1]。浮天水送无穷树，带雨云埋一半山[2]。　　今古恨，几千般，只应离合是悲欢[3]？江头未是风波恶，别有人间行路难[4]。

这是淳熙五年(1178)作者召赴临安的江行途中所写。南归十余年来，看惯了送往迎来，离愁别恨，都在数不尽的旅途中。国恨家愁，逐渐被人们淡忘。全词用朴素的白描手法，大声疾呼，不管江头风浪何等凶险，也要信心百倍地去应对，去奋斗，不要把寻常的悲欢离合放在心上。

1　《阳关》：乐府曲，源出王维"劝君更尽一杯酒，西出阳关无故人"。阳关在甘肃玉门关南。功名余事，同生命相比，功名是次要的事情，所以力劝友人加餐。
2　浮天水：涨水，连天的江水。带雨云：携带雨水的云层。
3　只应：只有，作反诘词，难道只有。
4　"江头"二句是说江行的风浪未必最险恶，有比行路难更艰险的事在。这是指仕途的风险，也是指创建丰功伟绩的艰难。

水调歌头

舟次扬州，和杨济翁、周显先韵[1]

　　落日塞尘起，胡骑猎清秋[2]。汉家组练十万，列舰耸层楼[3]。谁道投鞭飞渡？忆昔鸣髇血污，风雨佛狸愁[4]。季子正年少，匹马黑貂裘[5]。　　今老矣，搔白首，过扬州。倦游欲去江上，手种橘千头[6]。二客东南名胜，万卷诗书事业，尝试与君谋[7]。莫射南山虎，直觅富民侯[8]。

　　这首词上下片意思截然有别。上片是对发生在扬州的抗击金军入侵的历史回顾，表达作者对抗金事业的必胜信心。结句用作者匹马南来开启下片对倦游归去的向往。而种橘似乎并非作者的志愿，他设想要在归田之后，仍然效仿李广和田千秋，为民除害，并使人民尽快富裕起来。这种种想法，当然是出于英雄失意的悲慨，也出于他对人民的深沉的爱。

1　淳熙五年(1178)，作者自大理少卿出为湖北转运副使。江行途中，经过扬州，和韵写下此词。杨炎正：字济翁，吉州人，此时尚未登第,与周显先(事迹不详)陪同作者赴任。

2　"落日"二句,说绍兴三十一年(1161)秋,金海陵帝完颜亮以举国之力南侵,欲一举灭宋。后在采石兵败,被杀于扬州。而作者当年就参与了抗击金兵南侵的军事行动。金人既打到长江,扬州自然就成了边塞,其战尘自然成为塞尘。胡马南侵,却自称为"前去巡猎",所以又有"猎清秋"的句子。

3　汉家将士十万,用水军战胜了敌人。组练:即组甲被练,指士兵的甲胄袍服。列舰耸层楼:南宋水军有几艘蒙冲战舰,即楼船,但采石之战并未出港,宋军是用海鳅船阻击金军获胜。

4　投鞭飞渡:东晋淝水之战前,前秦苻坚曾扬言"以吾之众,投鞭于江,足断其流"。鸣髇(xiāo)血污:匈奴单于太子冒顿拟除掉其父头曼单于而自立,令其所属骑兵:"鸣镝所射,不射者斩。"后来与其父打猎,用鸣镝射头曼,其左右也随鸣镝而射,杀其父头曼。鸣髇:响箭。佛狸:北魏太武帝拓跋焘小名。佛狸于正平元年(451)入侵南朝,攻至长江以北瓜步,南朝宋文帝刘义隆列舰迎战,佛狸退军,次年病死。完颜亮于绍兴三十一年十一月被杀于扬州的龟山寺,与惧怕江南风雨的佛狸下场相似。

5　季子:战国苏秦的字,其黑貂之裘敝,已见《满江红》(倦客新丰)注释。作者于绍兴三十二(1162)年正月率兵南渡,时仅二十三岁,以苏秦自比。

6　倦游:指疲倦于奔走仕途。李衡于汉末做丹阳太守,临死时告知其子,说他已在武陵龙阳沙洲上建屋,种有千株橘树,是千头木奴,可以不愁生计。

7　名胜:名人,名流。尝试与君谋:试着与君谋划。谋:指谋划种橘事。

8　汉代飞将军李广家居蓝田南山,曾射虎。后来任右北平太守时,出猎时见草中石,以为是虎而射,箭头没入石中。汉武帝晚年后悔开边,封丞相车千秋为富民侯,表明与民休息之意。莫射:休射,也可作应射解。直觅:有就做的意思。

满江红

江行，简杨济翁、周显先

过眼溪山，怪都似旧时曾识。还记得梦中行遍，江南江北[1]。佳处径须携杖去，能消几緉平生屐[2]？笑尘劳三十九年非，长为客[3]。　　吴楚地，东南坼。英雄事，曹刘敌[4]。被西风吹尽，了无尘迹。楼观才成人已去，旌旗未卷头先白[5]。叹人间哀乐转相寻，今犹昔[6]。

这首词也是淳熙五年（1178）作者赴湖北转运副使途中所作。作者曾于淳熙四年知江陵府，吴楚大地是他经行之地。此次再游，却戏称为梦中行遍。其主题就是：一个志在报国的英雄，在这种辗转往复的行旅中消磨掉了大好时光。感慨岁月蹉跎，忧伤功业不就。此词清新俊逸，又略带沉郁。

1　"过眼"句，是说他所经眼的溪山，仿佛旧游曾见，原来是曾在梦中行遍了大江南北。

2　携杖去：即扶杖游览。"能消"句：说东晋名士阮孚好经营木屐,有客人见他亲自吹火,为木屐涂蜡,还叹息道:"不知一生能穿着几双屐?"消:消磨。緉(liǎng):量词。

3 尘劳:佛经语,劳乱众生。《淮南子》又有"年五十,而知四十九年非"的话,淳熙五年作者恰三十九岁。长为客:指一生多半消磨于客游中。

4 杜甫有诗句:"吴楚东南坼,乾坤日夜浮。"坼(chè):分裂。曹操曾对刘备说:"今天下英雄,惟使君与操耳。"使君:指刘备,曾任豫州牧。

5 "楼观"句,指大厦将成,而建造者不及居住而死。旌旗未卷:战争尚未结束,英雄头白。

6 哀乐转相寻:指哀与乐循环往复。

摸鱼儿

淳熙己亥，自湖北漕移湖南，同官王正之置酒小山亭，为赋[1]

更能消几番风雨？匆匆春又归去[2]。惜春长怕花开早，何况落红无数[3]！春且住。见说道天涯芳草无归路[4]。怨春不语，算只有殷勤，画檐蛛网，尽日惹飞絮[5]。　　长门事，准拟佳期又误。蛾眉曾有人妒[6]。千金纵买相如赋，脉脉此情谁诉[7]？君莫舞。君不见玉环飞燕皆尘土[8]！闲愁最苦。休去倚危栏，斜阳正在，烟柳断肠处[9]。

这是稼轩词中的代表作。它借惜春怨春的主题，反映对抗金事业及国家、个人前途命运的忧虑。上片写在风雨摧残下春天的归去，无力反抗，写春归后蛛网飞絮的猖狂，这是作者希望破灭的象征。下片在哀伤恢复大计受挫之余，也为个人屡被排斥不受重用的遭遇而伤怀。作者借一名幽闭在长门宫中失意女子的哀怨，表达自己的愤怒谴责和忧伤。全词以香草美人的比兴写法，寄托作者的哀思，被誉为"前无古人，后无来者"的词中绝唱。

1　己亥即淳熙六年 (1179)。这年暮春时节,作者自湖北转运副使移湖南,时湖北转运判官王正己在治所鄂州 (武汉) 副使衙中的小山亭置酒送别,遂赋此词。

2　更能消：还能经得起。几番风雨：指多次风雨的摧残。二句言风雨摧春,春已不堪风雨的多次摧残,匆匆归去。这里的春,喻示当前抗金恢复事业的希望。

3　惜春：总怕花开早,早开早谢。果然,如今已是落红满地。

4　见说道：听说。天涯芳草无归路：芳草长到天边,春天不见归路。

5　怨春不语：说春天任凭风雨的摧残,没有任何反抗的话语。算：概括词,看来。"殷勤"三句,指在彩画屋檐下的蜘蛛网,整日招惹飞絮,喻指只有无数小人在那里流言蜚语,幸灾乐祸。

6　长门事：汉武帝陈皇后阿娇,因嫉妒失宠,被贬入长门宫。为了重新得到武帝宠爱,用一百斤黄金请司马相如作赋,希望引起武帝的注意。准拟佳期：拟定的好日子,指武帝再次召见的日期。蛾眉：弯而长的美眉,指美女。曾有人妒：指阿娇的情敌卫子夫,一个与阿娇争宠的女人,后来代阿娇为后。

7　脉脉 (mò mò) 此情：情意绵绵的样子。谁诉：向谁诉说。

8　君莫舞：莫,休,也可作要解,谓休舞,或你虽能歌善舞。唐明皇贵妃杨玉环、汉成帝皇后赵飞燕那样宠幸一时的美女,还不是同样沦为尘土?

9   危栏:高楼的栏杆。烟柳断肠处:伤心处就在被烟霭笼罩的杨柳边。这是眼看着夕阳西下而伤心欲绝。

祝英台近　晚春

宝钗分，桃叶渡，烟柳暗南浦[1]。怕上层楼，十日九风雨。断肠片片飞红，都无人管，更谁劝啼莺声住[2]？　　鬓边觑，试把花卜归期，才簪又重数[3]。罗帐灯昏，哽咽梦中语：是他春带愁来，春归何处，却不解带将愁去[4]？

———

这首言情词上下片分别写了送别和怀人两个场景。上片是男送女，下片是女怀男。虽然有桃叶渡、南浦等地名，但大致为虚构，并非实指。而上片的怕上层楼，愁风愁雨，为落花和流莺烦恼，都写尽了别后的相思。下片则写怀念游子，本来已卜归期，簪后又重数，以及罗帐灯昏、梦中噫语的描写，都极尽细节的刻画，艺术手段丰富。

———

1　宝钗分：古男女分别，以分钗留念，寄托相思。即把簪发之钗拆成两股，男女分执其一。桃叶渡：在江宁县南一里秦淮河，相传晋王献之为爱妾桃叶送行就在此地。南浦：另一送别处。语见江淹《别赋》："送君南浦，伤如之何？"

2　"怕上层楼"以下五句：写别后的相思。落花满地，流莺鸣叫不已,让送人者伤心烦恼至极。

3　鬓边觑(qù):向鬓边窥视。花卜归期:用花瓣的数目来占卜游子的归期。

4　却不解:却不能。带将愁去:指春归,不能把忧愁一并带走。

木兰花慢

席上送张仲固帅兴元[1]

汉中开汉业，问此地，是耶非[2]？想剑指三秦，君王得意，一战东归[3]。追亡事今不见，但山川满目泪沾衣[4]。落日胡尘未断，西风塞马空肥[5]。　　一编书是帝王师。小试去征西[6]。更草草离筵，匆匆去路，愁满旌旗[7]。君思我回首处，正江涵秋影雁初飞[8]。安得车轮四角？不堪带减腰围[9]。

这是一首送友人之任的词。兴元是南宋抗击金人的前线，历史上，汉王朝就奠基于此地。作者追述汉高祖成就大业的壮举，同南宋不能重用人才、甘自卑弱形成鲜明对比，表达强烈的忧患意识和历史责任感。全词采用散文式的结构，集写实、抒情和议论为一体，使这首普通的送别词具有了感人的力量。

1　张坚：字仲固，镇江人，淳熙八年（1181）自江西转运判官除知兴元府。作者时在江西安抚使任上，于送别席间作此词。

2　项羽立刘邦为汉王，建都汉中，以此开创了汉帝国。汉中：宋代的兴元府。是耶非：是还是不是。

3　三秦：项羽以秦朝三降将为三秦王，以阻止刘邦东进。但刘邦却用韩信计，东出汉中，吞并三秦，一战而胜。

4　追亡：指韩信初到汉中，未受刘邦重用，借故逃亡，刘邦丞相萧何追韩信归，终拜韩信为将。"山川"句：唐李峤诗句。

5　胡尘未断：言金人始终威胁南宋的安全。塞马空肥：朝廷无意用兵，虽然秋高马肥，却无所用。

6　汉初张良曾在下邳圯上，遇一老父，授其一部《太公兵法》书，张良因此成为帝王师。小试：指张坚西征守兴元为小试其才。

7　草草：指草率地离别筵席。旌旗：宋郡守之任，有旌旗等仪仗。"愁满"句，别愁都在飘动的旗帜中。

8　"君思"二句：你想我回望时，正是秋雁初飞时节。

9　安得：怎能得到。车轮四角：车轮生角则不能行，挽留行人的意思。带减腰围：因思念而体重减轻。

沁园春

带湖新居将成[1]

三径初成，鹤怨猿惊，稼轩未来[2]。甚云山自许，平生意气；衣冠人笑，抵死尘埃[3]。意倦须还，身闲贵早，岂为莼羹鲈鲙哉[4]？秋江上，看惊弦雁避，骇浪船回[5]。　　东冈更葺茅斋，好都把轩窗临水开[6]。要小舟行钓，先应种柳；疏篱护竹，莫碍观梅。秋菊堪餐，春兰可佩，留待先生手自栽[7]。沉吟久，怕君恩未许，此意徘徊。

上片讲的是新居将要落成，主人有家可归。回新居已是必然结果，但这不是为了享受张翰的莼羹鲈鲙，而是看到仕途凶险，祸患将生，不得已而为之。下片则为自己回家后做了打算，有栽梅种柳等种种计划。但他在犹豫，皇帝或许能保护他，不让他从容退休。全词充分表现了作者在被迫退休前的矛盾犹疑心理，用散文式的写法和语言，展示出作者内心的活动和隐寓的无数苦衷。

1　带湖原在信州(今江西上饶)城北灵山门内。淳熙八年(1181),作者在带湖建成居舍,准备不做官时寓居于此。这首词是新居将成时所作。

2　"三径"三句:汉末蒋诩居乡里,园中开辟三径。北齐周颙原隐北山草堂,后做了县令,他再经北山时,孔稚圭作《北山移文》,说北山"蕙帐空兮夜鹤怨,山人去兮晓猿惊",不许他再经此地。

3　甚:为什么。云山自许:指寓居山间的意愿。意气:志愿。衣冠人笑:被士大夫嘲笑。抵死尘埃:谓赖在仕途中。

4　莼羹鲈鲙:已见《水龙吟·登建康赏心亭》词的注释。"意倦"三句:谓自己退归林下,只是厌倦了仕途的艰险,不是为了莼羹鲈鲙。

5　"秋江"三句:听到弓弦响,受惊的雁已学会躲避。而遇到惊涛骇浪,则掉转船头。

6　东冈:上饶城北的古城岭,在带湖东北的一处高地上,作者新居建于此,面向带湖,即词中的茅斋。葺:建。好:就,要。

7　屈原的《离骚》中,有"餐秋菊""佩秋兰"之语。先生:作者自谓。

水调歌头

盟鸥[1]

带湖吾甚爱，千丈翠奁开[2]。先生杖屦无事，一日走千回[3]。凡我同盟鸥鹭，今日既盟之后，来往莫相猜[4]。白鹤在何处？尝试与偕来。　　破青萍，排翠藻，立苍苔[5]。窥鱼笑汝痴计，不解举吾杯[6]。废沼荒丘畴昔，明月清风此夜，人世几欢哀[7]？东岸绿阴少，杨柳更须栽。

────

这首词是写作者淳熙八年（1181）底被迫退休之后，来到带湖新居最初的生活场景。作者的盟鸥，既是对污浊社会的一种否定，也是对退处田园生活的一种肯定和赞美，更反映了他内心的悲哀和无奈。此词立意新奇，是首次将会盟体运用到词中，而词的语言颇为轻松诙谐。词当作于淳熙九年（1182）春。

────

1　盟鸥：与鸥、鹭等水鸟所结的盟约。春秋时期，各诸侯间往往立誓会盟，谓之同盟。这是仿照会盟的形式，与水鸟相约，和平共处。

2　翠奁(lián)：绿镜。指带湖千丈，碧绿如镜。

3　杖屦(jù)：屦同履，老人的鞋和杖。走千回：言在湖边遍遍散步行走。

4　"凡我"三句：模拟盟书的语言，谓与水鸟结盟后，凡是盟友，要互相往来，不要猜忌。

5　"破青萍"三句：写鸥鸟寻鱼的动作。青萍和翠藻都在池沼中，而苍苔则在岸边。

6　窥鱼笑汝痴计：即笑汝窥鱼计痴。不解：不能。此句说鸥鸟只为生计忙碌，哪有先生这般的闲暇？

7　带湖新居原为一处荒地，作者买下之后，经过几年的修整改造，才形成了明月清风的样子，因而感慨人世的悲欢也如出一辙。

水调歌头

九日游云洞，和韩南涧尚书韵[1]

　　今日复何日？黄菊为谁开[2]？渊明谩爱重
九，胸次正崔嵬[3]。酒亦关人何事？政自不能
不尔，谁遣白衣来[4]？醉把西风扇，随处障尘
埃[5]。　　为公饮，须一日，三百杯[6]。此山高
处东望，云气见蓬莱[7]。翳凤骖鸾公去，落佩
倒冠吾事，抱病且登台[8]。归路踏明月，人影
共徘徊。

　　这是一篇记游词，类似游记一类小品文，主要写他登上云
洞仙人城的感受。上片以胸中有许多不平的陶渊明自比，切
合九日的主题。下片既寄希望于友人的再次被召，又为自己
的倒冠落佩抱病登台而感叹，所表达的是遭受迫害而压抑的
沉重心态，并不是单纯的记游之作。

1　云洞：上饶西三十里的一处景点。洞在山间，雨来则布
满云气。淳熙九年（1182）重九日，作者与同寓上饶的友
人韩元吉来游云洞，次其韵作此词。韩元吉住在上饶城南

南屏山上,居处有涧水,南涧是其自号,未退休前曾任礼部尚书。

2　九月九日重阳,正是黄菊盛开时节。

3　陶潜爱重九之名,曾作《九日闲居》诗。谩:同漫,空、徒。崔嵬:本意为高大而不平,借指胸中的种种不平。

4　陶潜爱酒,但酒和人的不平又有何关系?只是不能不如此(指用酒浇愁)。据说,陶潜因九日无酒,兀坐在东篱边的菊丛下,不久,望见有白衣人来,乃是九江太守王弘的送酒人,于是醉饮而后归。

5　东晋王导遇西风尘起,举扇遮挡尘土,说这是庾亮的飞尘污染。当时庾亮镇守石城,势力强大,王导内心不平,故有此语。

6　李白诗有"一日须倾三百杯"句。

7　云洞山形如城,人称仙人城,传仙人在此蜕骨,又称仙骨岩。在此山上向东望去,多云的地方就是蓬莱仙山。

8　翳(yì):五彩羽毛。骖(cān):乘。翳凤骖鸾:指驾凤凰而去。冠佩是公服。落佩倒冠:指在家闲居。蓬莱本是仙山,汉代以后,称馆阁图书之府为蓬莱道山,前句既有"东望"语,是希望韩元吉早日回归朝廷;此句又说驾凤东去,都是祝愿友人的话。而自己则只有倒冠落佩,故而抱病登上此仙人城。

贺新郎

赋琵琶

凤尾龙香拨。自开元霓裳曲罢，几番风月[1]？最苦浔阳江头客，画舸亭亭待发[2]。记出塞黄云堆雪。马上离愁三万里，望昭阳宫殿孤鸿没[3]。弦解语，恨难说[4]。   辽阳驿使音尘绝。琐窗寒轻拢慢捻，泪珠盈睫[5]。推手含情还却手，一抹《梁州》哀彻[6]。千古事云飞烟灭。贺老定场无消息，想沉香亭北繁华歇[7]。弹到此，为呜咽。

───

这首词是用赋体咏琵琶。赋体"体物写志"，故此上下两片各用琵琶三事，堆砌而成。上片依次叙说杨贵妃、商人妇、王昭君三事，下片分咏辽阳驿使、《梁州》彻、贺老定场三事。层层堆垛，依次排比。而赋体又"曲终奏雅"，此词则以盛唐繁华烟消云灭为终曲，这与北宋极盛而亡的情景颇相仿佛，恐怕作者也同样在词中寄托着对北宋灭亡的悲感。

───

1 凤尾：以凤尾为槽的琵琶。龙香拨：用龙香柏做拨。苏轼诗句："数弦已品龙香拨，半面犹遮凤尾槽。"杨贵妃善弹琵琶。《霓裳羽衣曲》，起于开元，盛于天宝。贵妃曾为唐明皇醉舞此曲。

2　白居易于元和十一年(816)在九江司马任上，送客湓浦口，听到舟中有商人妇夜弹琵琶，有感而作《琵琶行》。其中有句："浔阳江头夜送客，枫叶荻花秋瑟瑟。……忽闻水上琵琶声，主人忘归客不发。"

3　欧阳修《明妃曲和王介甫作》诗有"不识黄云出塞路，岂知此声能断肠"句，李商隐《王昭君》诗也有"马上琵琶行万里，汉宫长有隔生春"句。皆咏汉王昭君。昭阳：汉宫殿名。

4　解语：能语。

5　辽阳：属辽州。唐人乐府以为戍边之地，乐府曲中多咏辽阳。轻拢慢捻：弹奏琵琶的手法有拢和捻。

6　推手、却手、一抹：都是琵琶弹奏手法。《梁州》：琵琶大曲名，又名凉州。哀彻：悲声响彻始终。

7　贺老：即贺怀智，开元、天宝间善弹琵琶者。定场：技压全场。沉香亭：在长安兴庆宫东，唐明皇曾与杨贵妃在此赏牡丹，命李白进《清平乐》三阕，有"解释春风无限恨，沉香亭北倚阑干"等名句。

唐河传

效《花间》体[1]

春水，千里，孤舟浪起，梦携西子[2]。觉来村巷夕阳斜。几家，短墙红杏花。　　晚云做造些儿雨[3]。折花去，岸上谁家女？太狂颠。那边，柳绵，被风吹上天[4]。

这首词是作者着意向传统婉约词学习的一篇作品，大约写于寓居带湖的中期。作者从白日的梦境开写，描述了醒后所见，白日西斜，红杏出墙，零星小雨及岸上的折花女。梦醒前后的情景如出一辙，说明作者适应了农村生活。全篇以短语入词，上下片连贯而写，章法严格，语言简洁，可谓学到了花间体的精髓，而非仅学到其用语华丽的表象。

1　花间体：指效仿《花间集》之词体。《花间集》十卷，五代后蜀欧阳炯所编。歌词初创，词人多艳曲，故名为"花间"。

2　因春江水涨，故梦携西施泛舟。

3　些儿雨：一点点儿雨。

4　狂颠：疯狂放浪。指柳絮漫天飞舞。

水龙吟

甲辰岁，寿韩南涧尚书[1]

　　渡江天马南来，几人真是经纶手[2]？长安父老，新亭风景，可怜依旧[3]。夷甫诸人，神州沉陆，几曾回首[4]？算平戎万里，功名本是真儒事[5]，公知否？　　况有文章山斗，对桐阴满庭清昼[6]。当年堕地，而今试看，风云奔走[7]。绿野风烟，平泉草木，东山歌酒[8]。待他年，整顿乾坤事了[9]，为先生寿。

　　这是一首祝寿词，宋人祝寿词虽多，能立意不凡者少。此词犹如一篇议论文，上片所论是南宋不能恢复失地的责任问题，而过片和歇拍所言，既把爱国志士所应担负的重任和不可优游度日的问题向友人郑重提出，其意是鼓励爱国志士要为改变国家的前途命运而奋斗的决心。"待他年，整顿乾坤事了，为先生寿"，表现了作者何等宽阔的胸襟！此词是一首立意远高侪辈的佳作。

1　甲辰：淳熙十一年(1184)，时韩元吉六十七岁，稼轩四十五岁，寓居上饶带湖。

2　晋元帝在永嘉中与宗室共五王渡江，开创东晋王朝。当时有童谣称"五马浮渡江，一马化为龙"。作者用天马渡江比喻宋高宗建立南宋王朝。经纶手：可以治理天下的人物。

3　东晋桓温率师北伐，进至长安灞上，父老感泣，道"不图今日复见官军"。而过江的东晋士人，在新亭集会，座中有叹息风景不殊而举目有山河之异者，王导斥责说："当共戮力王室，克复神州，何至作楚囚相对？"可怜依旧：言南北分裂局面尚无改变。

4　夷甫：西晋宰相王衍的字。桓温曾说，"使神州陆沉，百年丘墟，王夷甫诸人不得不任其责"。西晋灭亡，王衍应负责任。几曾回首：是说王衍之流对于神州沦陷，不曾有丝毫悔过之意。

5　算：概括词，有数意。平戎万里：万里之外平定戎虏。真儒：真正的儒家学者。真儒的本色就是要建立不朽功名。

6　《新唐书》赞许韩愈"学者仰之，如泰山北斗"，类比以赞美韩元吉。韩元吉曾著《桐阴旧话》一书，记载他是北宋汴京桐木韩家的后裔。

7　堕地：指落地出生。风云奔走，风云喻时势和机遇，奔走指开创和奋斗。

8　绿野风烟：唐宰相裴度在洛阳所建的别墅，名绿野堂。平泉草木：唐另一宰相李德裕在洛阳伊阙置平泉别墅，有花木之盛。东山歌酒：谢安为相后，屡欲回归会稽东山，放情丘壑。这三位颇建功业的历史名人，均颇留恋各自的家居生涯。

9　整顿乾坤：即指收复失地、统一天下的事业。

满江红

送李正之提刑入蜀[1]

　　蜀道登天，一杯送绣衣行客[2]。还自叹
中年多病，不堪离别。东北看惊诸葛表，西
南更草相如檄[3]。把功名收拾付君侯，如椽
笔[4]。　　儿女泪，君休滴。荆楚路，吾能
识[5]。要新诗准备，庐山山色[6]。赤壁矶头千
古浪，铜鞮陌上三更月[7]。正梅花万里雪深
时，须相忆[8]。

　　此首送行词只突出了惜别之情。除了上片祝愿友人创
立惊人功名之外，下片所写，只是希望友人不要辜负沿途的大
好河山。全词充满了昂扬向上的气势，全然没有忧伤的情怀。
词中所写荆楚大地的月光山色，让行旅者充分体味祖国河山
的秀美，足以壮宦游人的行色。

1　李大正：字正之，建安人，淳熙八年（1181）提举诸路铸钱
司，任满除利州路提刑，淳熙十一年（1184）冬自信州赴利州
路提刑任。作者送其入蜀，赋此词。

2 "蜀道之难，难于上青天"，是李白《蜀道难》的诗句。绣衣：汉使者衣绣持斧。绣衣行客：指李大正除任提刑官。

3 诸葛亮北伐曹魏，临行上《出师表》。魏在蜀之东北。汉武帝令司马相如作《喻巴蜀檄》，安抚巴蜀居民。巴蜀在西南。

4 收拾：整理。君侯：指地方官。意思是把建功立业等事一起托付给你。如椽笔：大笔如椽，喻大手笔。

5 儿女泪：王勃诗有"无为在歧路，儿女共沾巾"句。荆楚路：指两湖一带，都是作者仕宦时历经之地。

6 要有为庐山作诗的准备。李正之前往汉中，九江庐山是其必经之途。

7 谓李正之途中所经还有长年拍打大浪的赤壁矶头，以及三更月下的铜鞮陌。赤壁矶即苏东坡所赋前后《赤壁赋》之湖北黄冈，铜鞮（dī）坊在襄阳。

8 杜甫《寄杨五桂州谭》诗，有"梅花万里外，雪片一冬深"句。

破阵子

为陈同甫赋壮词以寄之[1]

醉里挑灯看剑，梦回吹角连营[2]。八百里分麾下炙，五十弦翻塞外声[3]。沙场秋点兵。　　马作的卢飞快，弓如霹雳弦惊[4]。了却君王天下事，赢得生前身后名。可怜白发生[5]！

全词十句，九句是回忆当年在山东起义军中的战斗生涯，以及想象自己统率千军万马，杀向塞外，建立不朽功勋的情景。这一切都是为了完成君王统一天下的伟业，而自己也把生前身后的大名永存青史。这既是作者生平理想的概括，也是内心情感的寄托。然而无情打碎了这种理想信念的，却是白发丛生、身不由己的现实。用最后一句打翻前九句，最能体现理想与现实激烈冲突的悲壮情怀。

1　陈亮字同甫，婺州永康人，南宋著名的爱国学者。淳熙十年（1183）年春，陈亮给作者写信，除了表达来访的意愿外，还向作者索词。因陈亮未能践约来访，作者特赋此壮词寄之。
2　挑灯：挑亮灯光。看剑：表现壮士勇武之心。梦回：梦醒。

角：军中乐器。"梦回"句意指被连营的角声惊醒。

3　八百里指牛。晋人王恺（字君夫）有宠物牛，名叫八百里
驳，被王济（字武子）以打赌所杀，烤成牛心炙。麾下：部下。
炙：烤牛肉。五十弦：指瑟。翻：演奏。

4　的卢：一种白额马的名。刘备所乘马即名的卢。霹雳：拉
开弓弦的声音。南朝人曹景宗曾说："骑快马如龙，与年少辈
数十骑，拓弓弦作霹雳声，……此乐使人忘死。"

5　了却：完成。君王天下事：指收复失地统一祖国的大业。

丑奴儿近

博山道中效李易安体[1]

千峰云起，骤雨一霎儿价[2]。更远树斜阳，风景怎生图画？青旗沽酒，山那畔别有人家。只消山水光中，无事过这一夏[3]。　　午睡醒时，松窗竹户，万千潇洒。野鸟飞来，又是一般闲暇。却怪白鸥，觑着人欲下未下[4]。旧盟都在，新来莫是，别有说话[5]？

——　易安体词擅长以清新的语言、白描的手法抒写感情。作者的全部词作，除极善于运用书面语言外，还能成功运用民间语言。他的用语，都经过加工提炼，不同于市井尘下之语，故李清照词体成为他学习的典范。这首词以浅易典雅的语言，写博山夏日美景，抒发对淡泊幽静生活的向往，是效易安体的成功之作。

——　1　博山：在永丰县西，山中有博山寺。李易安：即李清照，易安居士是其号，济南诸城人，宋代著名词人。其作词以寻常口语度入音律，平淡而典雅。这首词作于淳熙十三年（1186）

前后。

2　一霎儿价：一阵儿急雨。价同家，俗语，语助词。

3　宋人酒家悬挂青旗为酒招子。只消：只须。这一夏：这一个夏天，口语入词。

4　野鸟与作者不熟，以好奇飞来，故谓之别有悠闲。觑（qū）：窥视，偷看。欲下未下：不敢贸然落地的样子。

5　作者寓居带湖之初，赋《水调歌头·盟鸥》词，有"凡我同盟鸥鹭，今日既盟之后，来往莫相猜"诸语。莫是，应是。别有说话：另有话说，是问野鸟是否反悔。

丑奴儿

书博山道中壁[1]

少年不识愁滋味，爱上层楼[2]。爱上层楼，为赋新词强说愁。　　而今识尽愁滋味，欲说还休[3]。欲说还休，却道"天凉好个秋"！

这首词上下片围绕一个"愁"字抒怀。作者的愁，实际上都和忧国忧民有关，不是简单的个人遭遇。所以，无论怎样排解，都不能产生效果，徒增烦恼。作者正是通过上下两片的相互对比，抒写了他的人生体验。而下片的转折，更把作者欲言又止的矛盾心理，衬托得无以复加。短短数十字小词，能收到如此艺术效果，令人对作者写作上的概括能力钦佩不已。

1　作者寓居上饶带湖期间，时常来往于博山寺，在其地读书。

2　"少年"句，指作者年轻时在北方的生活。喜欢登上层楼，是因为不懂愁滋味。

3　而今，指作者老来退归于上饶之后的经历。欲说还休，指个中愁绪难言，只好罢休。

清平乐

独宿博山王氏庵[1]

　　绕床饥鼠，蝙蝠翻灯舞[2]。屋上松风吹急雨，破纸窗间自语[3]。　　平生塞北江南，归来华发苍颜[4]。布被秋宵梦觉，眼前万里江山。

　　此词写作者在一个秋夜独自投宿王氏小屋时的感受。在这个山间孤立的斗室，风雨交加，环境的荒废、残破、凄凉，引起游子对家国身世的悲感。作者就这样环顾周围，忆念平生，坐待天明。英雄志士的一生奋斗，都是为了祖国万里大好河山，可知作者胸襟是何等崇高伟大。

1　王氏庵在博山雨岩下，其地称桃源。庵本指圆形草庐，此泛指小屋。

2　鼠因饥饿，绕床不避人。屋因荒凉，蝙蝠围着灯火飞舞。

3　风吹松树，雨滴纷纷落下，形成了急雨。破纸句引出下片独语。

4　作者少年时，曾随其祖父宦游山东、河南，又曾"两随计吏抵燕山，谛观形势"，燕京即今北京。作者晚年尝自言："北方

之地,皆弃疾少年所经行者。"南归之后,仕宦于两浙、两湖、两
江及淮东各地,大都属于江南。这是历数一生所经之地。如
今归来,在上饶寓居,华发苍颜,已从少年变成老人。

念奴娇

和韩南涧载酒见过雪楼，观雪[1]

兔园旧赏，怅遗踪，飞鸟千山都绝[2]。缟带银杯江上路，惟有南枝香别[3]。万事新奇，青山一夜，对我头先白。倚岩千树，玉龙飞上琼阙[4]。　　莫惜雾鬓云鬟，试教骑鹤，去约樽前月[5]。自与诗翁磨冻砚，看扫《幽兰》新阕[6]。便拟明年，人间挥汗，留取层冰洁[7]。此君何事，晚来曾为腰折[8]？

雪楼赏雪，作者写的是一篇咏雪的赋。全词描绘了带湖雪景的奇特秀美，下片且突发奇想，要派一位美女冒雪骑鹤，邀请明月来与两位诗人共饮，并写下最优美的歌曲。通过这些铺叙和想象，传达作者对纯洁雪景的钟爱，结句更通过雪压竹屈的情景，揶揄自己曾经被迫折腰事人的往事，以再现雪楼赏雪之乐。

1　韩元吉：作者好友。雪楼：应即集山楼，在信州城北古城岭的伎山上。韩元吉载酒雪楼观雪，不知为何时，应即淳熙十四

年(1187)夏其病没之前的事。

2 兔园旧赏：据谢惠连《雪赋》，汉梁孝王雪天游兔园。召邹阳、枚乘、司马相如做客。兔园即梁王的苑囿。柳宗元《江雪》诗有"千山鸟飞绝，万径人踪灭"句。

3 韩愈《咏雪赠张籍》诗："随车翻缟带，逐马散银杯。"南枝：指梅。香别：梅花有别样香。

4 玉龙：喻雪。

5 雾鬟风鬟：原指女人发美。此时令其骑鹤约月来饮酒，必落满雪花，故言"莫惜"。

6 司马相如《美人赋》言其为邻家美女抚琴，奏《幽兰白雪》之曲。扫：书写，言写字的疾速。

7 唐宋人藏冰于地中，以备炎热盛暑用。

8 此君谓竹。王子猷曾指竹言："何可一日无此君?"腰折：谓大雪压竹，使之弯腰。

蝶恋花

月下醉书雨岩石浪[1]

九畹芳菲兰佩好[2]。空谷无人，自怨蛾眉巧[3]。宝瑟泠泠千古调，朱丝弦断知音少[4]。　　冉冉年华吾自老。水满汀洲，何处寻芳草[5]？唤起湘累歌未了，石龙舞罢松风晓[6]。

这首词赋写雨岩石浪。上片所写，是雨岩山下空谷中的幽兰，虽自怨自艾，然而如朱弦断绝，无人肯听。下片则自伤迟暮，流年冉冉，芳草难寻。显然是运用楚辞的传统笔法，诉说埋没山中的苦闷。结句欲唤起湘累，来为石龙作歌，方是歌咏石浪。而石浪藏于深山，不为人知，亦与幽兰同调。全词文字甚美，而词意却幽怨悲愤至极。

1　雨岩：在永丰县博山寺西南，有石洞。石浪在洞外。作者有《摸鱼儿》词，题"雨岩有石，状甚怪，取《离骚·九歌》名曰山鬼"，又注："石浪，庵外巨石也，长三十余丈。"此石浪今犹绵延山中，与他石不同，甚为雄壮。

2　畹(wǎn)：十二亩为一畹。种兰九畹，幽兰可佩，都是《离骚》语。

3　杜甫有诗："绝代有佳人,幽居在空谷。"蛾眉：美女眉,谓
　佳人。

4　琴曲有《猗兰操》,孔子所作。孔子聘诸侯,自卫返鲁,隐谷
　中,见香兰独秀,喟然叹道："兰当为王者香,今乃独茂,与众草
　为伍。"自伤不逢时,托辞于香兰。

5　冉冉：慢慢。汀洲：水中小岛。

6　湘累：指屈原,非因罪而死叫累。石龙：谓石浪,以其形似
　长龙。

鹧鸪天

鹅湖归，病起作[1]

枕簟溪堂冷欲秋，断云依水晚来收[2]。红莲相倚浑如醉，白鸟无言定自愁[3]。　书咄咄，且休休[4]，一丘一壑也风流[5]。不知筋力衰多少，但觉新来懒上楼[6]。

———

上片写病后在溪堂的所见，全是夏日情景：湖上的云和水，红莲和白鸟。下片写病后所感。病愈者身体虚弱，多病移愁，不免产生与被废的殷浩、隐退的司空图同样的感受。特别是"不知筋力"两句，用寻常口语入词，用指病后体力衰减，但仍然令人感受到志士迟暮的慨叹。正因此词写出了古往今来仁人志士的共同悲哀，才被人传诵不衰。

———

1　鹅湖山：在铅山县东北，山上有鹅湖，山下有鹅湖寺。作者前往铅山访泉归来，病后所作。

2　枕簟(diàn)：南方夏日乘凉的卧具。簟：竹席。溪堂：面临溪水的屋子。断云：孤云，一片云。"断云"句，写浮在湖面上的云，傍晚渐渐消散。

3 红莲开放,相互倚靠,犹如醉酒的人。白鸟:指白鹭,一种水鸟。作者长年外出,疏于同鸥鹭联系感情,所以白鸟好像也无言可对,知心中必有愁怨。

4 书咄咄:晋人殷浩被废,居信安,每日凭空书字。有人窃视,发现只写"咄咄怪事"四字。咄咄(duō duō),叹息、诧异声。且休休:晚唐司空图自乞归休,有别墅在中条山,隐居不出。尝作《休休亭记》,有"量其才一宜休,揣其分二宜休,耄且聩三宜休"等语。

5 一丘一壑:丘指山,壑指水。晋人谢鲲自称,一丘一壑,超过庾亮。风流:指风采,风范。此句赞扬在野的志士仁人。

6 筋力:指力量。

清平乐

茅檐低小，溪上青青草。醉里吴音相媚好，白发谁家翁媪¹？　大儿锄豆溪东，中儿正织鸡笼。最喜小儿亡赖，溪头卧剥莲蓬²。

作者长期生活在上饶农村，对农民生活相当熟悉。此词选取一户农家为对象，写虽不富裕却其乐融融的农村生活片断。显然，淳朴和谐的田园生活给了作者些许安慰，作者也从朴实平和的农民身上体会到人生的乐趣。全词用极直白的口语，采取跟踪递进的笔法，生活气息盎然，人物形象丰满，可见创作技巧甚高。

1　吴音：江东一带的方言。相媚好：相互之间恭维讨好。翁媪(ǎo)：白发老翁老婆婆。
2　亡赖：即无赖，原指狡诈狡狯，引申作顽皮也可，作无聊即无所事事也可。

洞仙歌

访泉于奇师村，得周氏泉，为赋[1]

飞流万壑，共千岩争秀[2]。孤负平生弄泉手[3]。叹轻衫短帽，几许红尘？还自喜，濯发沧浪依旧[4]。　　人生行乐耳，身后虚名，何似生前一杯酒[5]？便此地结吾庐，待学渊明，更手种门前五柳[6]。且归去父老约重来，问如此青山，定重来否[7]？

——— 作者历经辛苦去寻泉，终于寻到周氏泉，遂以兴奋轻松的笔调写下这首明志的歌词。词中说，他本来是一个弄泉手，久在尘世沾染了不少尘土，有了此泉，就可用它洗涤身上的污浊了。他还表示要向陶渊明学习，做一个爱酒的五柳先生。

——— 1 作者寓居上饶期间，屡至邻近山村，访求有山泉之地。奇师村：旧称奇狮或碁师，在上饶西南铅山东二十五里。周氏泉：原属于周藻、周芸兄弟，后为作者所得，改名为瓢泉。
2 清人县志记载瓜山水从半山喷下，流入瓢泉中。今瓢泉虽在，而飞流万壑早已不见。

3　作者平生爱泉,故自称弄泉手。孤负:同辜负。

4　轻衫短帽:南宋文人流行服色。濯发沧浪:渔父作歌送屈原,有"沧浪之水清兮,可以濯吾缨;沧浪之水浊兮,可以濯吾足"句。沧浪,即汉水。此四句意为:寓居上饶城中,不免沾惹些许红尘,惟有移居更为偏僻之奇师村,方称依旧濯发沧浪。

5　"人生"句,汉杨恽语。身后名不如一杯酒,张翰语。

6　陶渊明作《五柳先生传》,自言"宅边有五柳树",自号五柳先生。

7　定重来:能重来。

八声甘州

夜读《李广传》，不能寐，因念晁楚老、杨民瞻约同居山间，戏用李广事，赋以寄之[1]

故将军饮罢夜归来，长亭解雕鞍。恨灞陵醉尉，匆匆未识，桃李无言[2]。射虎山横一骑，裂石响惊弦[3]。落魄封侯事，岁晚田园[4]。　　谁向桑麻杜曲？要短衣匹马，移住南山。看风流慷慨，谈笑过残年[5]。汉开边功名万里，甚当时健者也曾闲[6]？纱窗外，斜风细雨，一阵轻寒。

作者寓居上饶四五年之后，因读李广事迹，引起共鸣，所以选取其岁晚田园落魄事概括成篇，以抒写英雄失意的悲哀，由此引出汉代开边、健者曾闲的沉重话题，表达对统治者摧残人才的强烈不满。全篇所涉及的话题压抑沉重，几乎不能负荷，作者却在结尾处巧妙转身，解负就轻，用寻常语岔开，留给读者回味悠长的空间。

1 《史记·李将军列传》，载汉代抗击匈奴的飞将军李广的传奇一生。本词上片集中概括李广的行事。晁楚老、杨民瞻：都是寓居上饶或铅山的士人。因二人与作者约定，在山间居住，所以才用李广岁晚田园的事迹作词寄之。

2 《史记》载，李广家居蓝田南山中，曾夜间和一从骑外出，在田间饮酒，回到灞陵亭，被灞陵尉醉呵止，从骑说："这是故李将军。"尉说："将军也不能夜行，何况故将军！"司马迁又评论李广说，李将军口不能道，死后天下皆为尽哀，犹如桃李不言，下自成蹊。蹊，小路。灞陵：在陕西西安东。

3 《史记》又载，李广出猎，见草中有石，以为虎而射之，中石没镞。

4 李广虽多战功，但终生未获封侯，所以晚年只好居住在田园中。落魄：失意潦倒。

5 杜甫《曲江三章章五句》诗："自断此生休问天，杜曲幸有桑麻田。故将移住南山边。短衣匹马随李广，看射猛虎终残年。"杜曲在长安城南。谁向：谁有。

6 健者：指英雄人物。甚：岂，为什么。

浪淘沙

山寺夜半闻钟

身世酒杯中，万事皆空。古来三五个英雄[1]。雨打风吹何处是，汉殿秦宫？　　梦入少年丛，歌舞匆匆[2]。老僧夜半误鸣钟[3]。惊起西窗眠不得，卷地西风。

这是作者借宿于山中某个寺院，夜半听到钟声有感而发。作者在淳熙十五年（1188）前，曾为寻找泉水，漫游上饶、永丰、铅山等地，时作者正当壮年。上片自伤一个以古来英雄自居的人，竟然把平生事业付于痛饮潦倒中，而不知何处有秦有汉，其自负与颓废可想而知。下片则写梦境惊醒之后的环境：钟声误鸣，西风卷地，歌沉舞歇。以五十余字小令，写英雄的身世悲凉，显示了作者驾驭篇章的能力。

1　三五个：言少数几个。

2　少年丛：犹言少年人群中。

3　夜半鸣钟：唐人诗中多见。所谓晨钟暮鼓，是僧人的生活规律，故称半夜鸣钟为"误鸣"。

鹧鸪天

陌上柔桑破嫩芽，东邻蚕种已生些[1]。平冈细草鸣黄犊，斜日寒林点暮鸦[2]。　山远近，路横斜，青旗沽酒有人家[3]。城中桃李愁风雨，春在溪头荠菜花[4]。

作者借山行所见，抒写自己的爱憎取舍。随着农村生活经历的增长，作者更加热爱农村生活的恬淡安宁，也更体会到城市特别是官场生涯的纷扰争夺。通过桃李和荠菜花的对比，把春天的美好归于乡间溪边，却把桃李留给了城中的风雨，充分表明作者认识的深化。

1　陌上：路旁。破嫩芽：指桑树长出了嫩叶。蚕种：幼蚕。生些：生了一些。

2　平冈：平坦的山梁。鸣黄犊：小黄牛边吃细草边鸣叫。点暮鸦：晚鸦落在略带寒意的树林中。

3　青旗：酒招。路旁有小酒店。

4　"城中"句：城中生长的桃李愁风怕雨，而溪头山间的荠菜花却生机勃勃。荠菜：上饶一带俗名香板菜，在园圃山间野生，味香而甘。

蝶恋花

戊申元日立春，席间作[1]

谁向椒盘簪彩胜？整整韶华，争上春风鬓[2]。往日不堪重记省，为花长把新春恨[3]。　　春未来时先借问，晚恨开迟，早又飘零近。今岁花期消息定，只愁风雨无凭准[4]。

　　此词作于戊申元日，然借春花为喻，以其开迟且又飘零过早，当指数年间颇有多次起用之议而屡遭阻隔。作者自淳熙中被诬劾罢官，至淳熙末始有湔洗的希望。然而到本年元日，来自朝中之消息，也仅仅是"奉祠有日"。所以这首词运用比喻的写法，借新花以拟人事，感慨颇深。

1　戊申为淳熙十五年(1188)，元旦日立春，作者在带湖庆新年的宴席上作此词。

2　椒盘：民间习俗，正月一日以盘置椒，饮酒，则撮置酒中，叫椒盘。彩胜：又叫幡胜，用彩纸或帛制成，元日插在头上。整整韶华：接近整数的年华。作者此年四十九岁。簪了彩胜之后，顿感两鬓春风。

3　记省：记忆，追想。"往日"句：往事不堪回首。新春恨：指因花事而恨。

4　自淳熙十四年（1187）至十五年间，由于当朝者意见不一，所以在起用作者的问题上未能达成一致。于是让作者主管宫祠，以备缓急之用。罢归六七年之后始奉祠，作者不能不深致叹息。消息：即指花开的日期，喻作者的复出。

沁园春

戊申岁，奏邸忽腾报，谓余以病挂冠，因赋此 [1]

老子平生，笑尽人间，儿女怨恩 [2]。况白头能几？定应独往；青云得意，见说长存 [3]。抖擞衣冠，怜渠无恙，合挂当年神武门 [4]。都如梦，算能争几许，鸡晓钟昏 [5]？　此心无有亲冤，况抱瓮年来自灌园 [6]。但凄凉顾影，频悲往事；殷勤对佛，欲问前因 [7]。却怕青山，也妨贤路，休斗樽前见在身 [8]。山中友，试高吟楚些，重与招魂 [9]。

　　作者淳熙八年（1181）底罢官之后，到淳熙十五年（1188）已在上饶山间居住了七年。围绕自己的是非恩怨，作者早已释怀。但小报的消息又在作者心底翻起波澜。为回答这些不公正的报道，特写此词澄清。这首词用了佛教词语，如亲冤、前因等，并不是作者看破尘缘，而是在极度苦闷中希望摆脱烦恼、寻求淡泊，是作者在入世与出世间纠缠不休的思考，也是志士凄凉的自诉。

1　戊申岁即淳熙十五年，作者四十九岁，在上饶家居。奏邸：宋代有都进奏院。腾报：指进奏院编发的邸报或小报，而邸报载作者因病退休，这应当是小报的编造，所以作者有感而作此词。

2　老子：作者自称。儿女怨恩：指孩子们的恩怨。笑尽：言对于当年被弹劾罢官等恩怨，已经看得很轻。

3　"况白头"四句：自言人已白头，余生不多，对于仕途上的飞黄腾达，已不在意。独往：白居易曾作诗，有"当君白首同归日，是我青山独往时"句。见说：听说。

4　"抖擞"句：抖落衣帽上的灰尘。衣冠：官服。"怜渠"句：爱其无病。"合挂"句：谓当年就应当尽早挂冠，免得现在又挂冠一次。神武门：南齐宫门。陶弘景脱朝服挂神武门，上表辞禄。

5　"都如梦"三句：言往事如梦，计算一下，能为我争回多少做官的日子？鸡晓钟昏：指从早到晚。

6　"此心"句：指宽恕仇怨。"抱瓮"句：汉阴丈人入井取水，抱瓮而出，灌溉农田。言身为农民，早已不在官场，况且这些年来一直亲自从事生产劳动。

7　但：只是。"凄凉"四句，言有时凄凉回顾，为往事悲哀，有时向佛求证，探讨因缘。

8　"却怕"三句，青山，指所居山林。用白居易"青山独往"语意。即使身在青山，也怕妨碍贤者的晋升之路。休斗：休比。樽前见在身，谓能够饮酒之健康之身。此也言不敢与人比较是否强健之身。

9　楚些：楚辞《招魂》句尾皆押些字韵。此三句说山中友人不妨再次招我魂魄。

贺新郎

陈同父自东阳来过余，留十日，与之同游鹅湖。且会朱晦庵于紫溪，不至，飘然东归。既别之明日，余意中殊恋恋，复欲追路，至鹭鸶林，则雪深泥滑，不得前矣。独饮方村，怅然久之，颇恨挽留之不遂也。夜半投宿吴氏泉湖四望楼，闻邻笛悲甚，为赋《乳燕飞》以见意。又五日，同父书来索词，心所同然者如此，可发千里一笑[1]

把酒长亭说。看渊明风流酷似，卧龙诸葛[2]。何处飞来林间鹊？蓦踏松梢残雪。要破帽多添华发[3]。剩水残山无态度，被疏梅料理成风月[4]。两三雁，也萧瑟。　　佳人重约还轻别。怅清江天寒不渡，水深冰合[5]。路断车轮生四角，此地行人销骨[6]。问谁使君来愁绝？铸就而今相思错，料当初费尽人间铁[7]。长夜笛，莫吹裂[8]。

　　此词从与陈亮长亭话别说起，批判统治阶层当国者的弃地辱国行为，态度严峻，对抗战派的孤立无援深感不安。下片表达对挽留友人不遂的痛悔之情。以山河残破、壮志难酬、同道凋零写爱国志士的忧国忧民,气势苍凉,词情沉郁,笔力雄劲,堪称宋词中的千古绝调,历来传诵不息。

1　陈亮于淳熙十五年(1188)十二月初从东阳来上饶访作者,且约会朱熹于紫溪。朱熹未至,陈亮遂飘然东归。朱熹是南宋理学宗师,与作者友好。紫溪:在铅山县南。鹭鸶林:在上饶县西南泸溪附近。方村:在今上饶县西南茶亭镇,亦在泸溪之南。吴氏泉湖:在方村南二十五里,今铅山县境内稼轩乡之马鞍山村,古名泉湖,吴氏居此,建有四望楼,早废。《乳燕飞》,即《贺新郎》词调之别名,以苏轼《贺新郎》词首句为"乳燕飞华屋"而得名。可发千里一笑:言作者与陈亮想法一致,可在千里之外发出会心一笑。

2　长亭:驿道五里一短亭,十里一长亭,供游人歇息。陶渊明与卧龙诸葛亮风度气概极为相似。陈亮仰慕二人,所以这样说。

3　"何处"三句:林间鹊踢踏松枝积雪,雪落帽上,就像破帽露出白发。

4　剩水残山:指山川被冰雪覆盖,而未被覆盖的山水所余无几。无态度:指失去往日的姿容风度。料理:整理。成风月:有了疏梅点缀,剩水残山也成了一道风景。

5　佳人:指陈亮。重约:指应约前来相会,又欲会见朱熹。轻别:指陈亮"飘然东归"。清江:上泸江,即泸溪。

6　车轮生四角:见本书《木兰花慢·席上送张仲固帅兴元》词注释。销骨:极度伤心,形销骨立,与"断肠"同意。

7　问谁使君来愁绝:指离愁别恨,都是心甘情愿。铸就而今相思错:用铸错的典故。唐末朱全忠克相州,留魏博半年,魏帅罗绍威供给军资,朱去,积蓄为之一空。绍威后悔说:"合六州四十三县铁,不能为此错也。"错:王莽铸有错刀钱,此喻铸成错误。按:这是思念陈亮,也是比喻时局,即当今恢复之难,都是当初与金人议和铸成的大错。

8　词序有"夜半投宿吴氏泉湖四望楼,闻邻笛悲甚"语。唐人李謩开元中吹笛为第一,越州有独孤生,为李謩吹笛,高亢入云,至入破,竹笛败裂,不复终曲。

贺新郎

同父见和，再用韵答之 [1]

老大那堪说？似而今元龙臭味，孟公瓜葛 [2]。我病君来高歌饮，惊散楼头飞雪。笑富贵千钧如发 [3]。硬语盘空谁来听 [4]？记当时只有西窗月。重进酒，换鸣瑟 [5]。　　事无两样人心别 [6]。问渠侬神州毕竟，几番离合 [7]？汗血盐车无人顾，千里空收骏骨 [8]。正目断关河路绝 [9]。我最怜君中宵舞 [10]，道男儿到死心如铁。看试手，补天裂 [11]！

这首和词，上片陈述作者与陈亮的友谊，下片纵论恢复大计。陈亮与作者有共同的主张，共同的理想。除了恢复中原以外，都不肯低头事权贵，视富贵如浮云。故与陈亮病中痛饮高歌，同发"盘空硬语"。二人都认为，恢复大计已定，问题在于投降派置神州分裂于不顾，压抑和摧残抗战派人士。然而，爱国志士却枕戈待旦，其心如铁，终将为"补天裂"而奋斗到底。

一

1　这首词是作者见陈亮和章之后的唱和之作。作者与陈亮住处相距数百里，一来一往。作此词时当在淳熙十五年 (1188) 的岁末。

2　老大：年纪大。似而今：到现在（你不如意的时候）。臭味：言同类。陈登的同道应该是推崇他的刘备。孟公是陈遵的字，放纵不拘，与他同时为僚友的是张竦。

3　千钧如发：一钧三十斤。千钧：重千钧。把千钧重量系在一根头发上。

4　韩愈《荐士》诗有"横空盘硬语"句。此句意为共同说些强硬而又激昂的话。

5　换鸣瑟：鸣瑟，瑟正在演奏；换鸣瑟，另换一曲。

6　事：指恢复失地。恢复大计早已确定，意即只有用武力去实现，别无他路可行，只是人心有所不同。

7　渠侬：称他人。

8　"汗血"二句：汗血：大宛旧有天马，汗从前肩出，如血，号一日千里。汗血盐车，千里马已老，负盐车而上太行。古有君人，千金求千里马，三年不得，以五百金买马首。空收骏骨，指买死马。此指一方面在扼杀人才，另一方面却在空喊重用人才。

9　关河路绝：关，指函谷等关；河，指黄河；关河路绝，道路封闭，关河不通。

10　中宵舞：祖逖与刘琨，俱为司州主簿，共被同寝。中夜，闻荒鸡鸣，祖逖起舞。喻志奋发。

11　补天裂：共工头触不周山，天柱折，女娲炼五彩石以补天。喻收复北方。

贺新郎

用前韵，赠金华杜仲高[1]

细把君诗说。恍余音钧天浩荡，洞庭胶葛[2]。千丈阴崖尘不到，惟有层冰积雪。乍一见寒生毛发[3]。自昔佳人多薄命，对古来一片伤心月。金屋冷，夜调瑟[4]。　去天尺五君家别[5]。看乘空鱼龙惨淡，风云开合[6]。起望衣冠神州路，白日销残战骨。叹夷甫诸人清绝[7]。夜半狂歌悲风起，听铮铮阵马檐间铁[8]。南共北，正分裂！

　　这首词的结构一如和陈亮的同调词，上片议论仲高之诗，钧天洞庭之乐、阴崖积雪、金屋调瑟，皆状仲高诗之风貌、特色与怀才不遇的遭遇处境。下片则与仲高纵论时局，从神州陆沉、人民痛苦说到投降派当政，悲愤难抑，以引发仁人志士的慷慨悲歌，大声疾呼。关注南北分裂的现实，是所有爱国人士的共同责任，也包括杜仲高在内。此词悲壮激烈，酷似前篇。

1　杜仲高：名旃，兰溪人，杜汝霖第二子，兄弟五人，皆有文名，仲高、叔高均与作者友善。杜旃何时来上饶访问，史书无载。陈亮《贺新郎·怀辛幼安用前韵》词（即其和作者的第三首）有"却忆去年风雪"和"百世寻人犹接踵，叹只今两地三人月"等语，陈亮与杜旃同郡，故知杜旃在陈亮访问上饶之后接踵相访，而词中的"去年"和两地三人共一月则表明，淳熙十六年（1189）正月，杜旃正在上饶。则这首词自与前两首赠陈亮词虽用同韵，却并非同年所作。

2　恍：恍如，仿佛。钧天：指钧天广乐，天上的音乐。黄帝曾在洞庭奏乐，洞庭：指天地之间。胶葛：乐曲旷远幽深。

3　阴崖：山崖背阴处。乍一见：才见。寒生毛发：顿生寒意，毛发竖立。

4　汉武帝幼时喜欢阿娇，要给她造金屋。后来阿娇被废，居冷宫中，夜半奏瑟，寄托寂寞孤独。

5　杜家在唐代有十一人做宰相，当时有"城南韦杜，去天尺五"之说，指杜姓距皇帝甚近，与他姓不同。

6　晋温峤在武昌牛渚矶，毁犀角照水，见水族覆火，奇形异状，或乘马车，或着赤衣。鱼龙惨淡：喻民众困苦。风云开合：喻时局动荡。此谓乘空所见情景。

7　衣冠神州路：中国以文明礼仪之邦闻名于世，故称。销残战骨：战死者尸骨横陈。销残：销蚀。夷甫诸人：王夷甫，即王衍,清谈误国,自己也被石勒所杀。此言中原颠覆,人民流血,而当权者视而不见。

8　阵马:又称铁马,檐间铁片,风吹铮琮作响。

声声慢

嘲红木犀。余儿时尝入京师禁中凝碧池，因书当时所见[1]

开元盛日，天上栽花，月殿桂影重重[2]。
十里芬芳，一枝金粟玲珑。管弦凝碧池上，
记当时风月愁侬[3]。翠华远，但江南草木，烟
锁深宫[4]。   只为天姿冷淡，被西风酝酿，
彻骨香浓[5]。枉学丹蕉，叶底偷染妖红[6]。道人
取次装束，是自家香底家风[7]。又怕是，为凄凉
长在醉中[8]。

这首词上片咏儿时所见汴京凝碧池的黄木犀，下片嘲临
安宫中栽种的红木犀。红木犀虽不脱木犀香之家风，但毕竟
又学丹蕉，于叶底偷染妖红。这是对宋高宗、孝宗父子两代
难以实现统一大业，难以继承北宋繁华的极大嘲讽。词中表
现了作者对女真族入侵中原的深刻仇恨，充满了强烈的爱国
精神。

1 木犀：即桂树，花黄色。红木犀：宁波象山所产，化红色，宋
高宗时移植宫中。凝碧池：唐在长安内苑中，北宋则在开封陈

州门里,繁台之东南,为离宫。作者十一岁时,即绍兴二十年(1150)时曾随其祖父仕宦汴京行台尚书省,时完颜亮即位未久,诛杀其左副元帅撒离喝及其家属从党。作者进入汴京的凝碧池,即在此时前后。

2　开元盛日:用唐代全盛时的凝碧池比拟北宋。据作者在金国的同学郦权所作《木犀》诗,宣和时,北宋离宫凝碧池中即栽有木犀:"末路益可惜,例进宣和初。仙根岂易致?百死不一苏。昔游汴离宫,识此倾城姝。""天上"二句,月中有桂树,故云天上栽花。

3　唐诗人王维在安禄山凝碧池大会上作诗,有"秋槐叶落深宫里,凝碧池头奏管弦"句。借喻作者儿时已对凝碧池风景区被金人占领深感忧愁。愁侬:侬,我。这两句借身陷被拘的王维自比,可见作者从幼年时期起对金人的仇恨及对祖国的热爱。

4　翠华:皇帝仪仗。宋高宗跑到江南立国。"江南"二句,指临安宫中的花木,包括红木犀。

5　天姿冷淡:指木犀并不称艳。酝酿:熏陶。彻骨香浓:入骨的浓香。此三句言木犀只香不艳。

6　丹蕉:美人蕉。妖红:深红,艳红。只因木犀不艳,所以偷学丹蕉,变成了红木犀。

7　黄色是道家的随便装束,而香气是自家的门风。道家装为黄色衣冠。佛教又有闻香悟道说。

8 "为凄凉"句：言红木犀为怕处境凄惨，以红颜示人，如长年在醉中一样。此二句以红木犀比喻偷安一隅的南宋的处境。

西江月

夜行黄沙道中[1]

　　明月别枝惊鹊[2]，清风半夜鸣蝉。稻花香里说丰年，听取蛙声一片[3]。　　七八个星天外，两三点雨山前。旧时茅店社林边，路转溪桥忽见[4]。

———

　　这首小词写作者夜行黄沙岭山路中的所见：社林、茅店、大片待收割的稻田，以及夜间的惊鹊、鸣蛙、疏星、零雨等。虽然都很平常，但作者却抓住了月夜有特色的景物，用优美平易的语言淡淡述来，透露了作者对农村生活的热爱。一些活泼跳跃的语句，以及颠倒叙述的方式，都增强了小词的感染力。

———

1　上饶县南四十里有黄沙岭乡，茅店村在其北，旧有古道通上饶，西南通铅山，宋代青石古道在山间盘旋而下，长约五里。

2　明月下，不安的鹊跳来跳去，选择可栖息的树枝。别，拣选。

3 成片的蛙声从稻田中传出,仿佛向人述说庄稼的丰收。

4 茅店:在今黄沙岭乡北一里溪边,今村名犹在。此溪由北
而南流入泸溪。社林,土地庙称社,社有树林。

浣溪沙

壬子春，赴闽宪，别瓢泉 [1]

　　细听春山杜宇啼 [2]，一声声是送行诗。朝来白鸟背人飞 [3]。　　对郑子真岩石卧，赴陶元亮菊花期 [4]。而今堪诵《北山移》 [5]。

　　作者在带湖家居十年，一旦出山为官，还忘不了与鸥鹭的盟约，借这首小词总结十年退闲生涯，颇有自嘲的意味，从中可见作者的矛盾心情。而这些自嘲自责，都通过引用典故和与古人对比来实现，因而别有风度和雅趣。

　　1　壬子即绍熙三年(1192)。这年春，作者出任福建路提刑官，赴任时经铅山，别瓢泉而作此词。宋代福建路称七闽，提点刑狱官称宪。

　　2　杜宇：即杜鹃鸟。

　　3　白鸟：即白鹭。作者寓居带湖初期，曾作《水调歌头·盟鸥》词，约定与鸥鹭和平共处。如今一旦出仕，有违盟约，所以白鹭也背人而飞。

　　4　郑子真耕于岩石之下，名震京师，扬雄对他极力赞扬。陶

潜字元亮,诗中多赋九日菊花。这是两位行为高尚不屈于富
贵的古人。

5 北宋杜镐以隐士种放不能坚守而出仕,曾朗诵《北山移文》
以讽刺他。

贺新郎

三山雨中游西湖，有怀赵丞相经始[1]

　　翠浪吞平野。挽天河谁来照影？卧龙山下[2]。烟雨偏宜晴更好，约略西施未嫁[3]。待细把江山图画。千顷光中堆滟滪，似扁舟欲下瞿塘马[4]。中有句，浩难写[5]。　　诗人例入西湖社[6]。记风流重来，手种绿阴成也[7]。陌上游人夸故国，十里水晶台榭。更复道横空清夜[8]。粉黛中洲歌妙曲，问当年鱼鸟无存者[9]。堂上燕，又长夏。

　　赵汝愚第二次帅闽至绍熙二年(1191)十月止，作者为闽宪，始于三年夏，故有"堂上燕，又长夏"句，此词即作于绍熙三年(1192)夏初到任时。上片回忆赵汝愚排除干扰，浚治西湖，造福百姓。下片追述五代时期闽国的繁华景象，颇有怀念其歌舞升平的意味。而"问当年鱼鸟无存者"一语，又隐寓淡淡的哀愁。无论是近事还是往事，皆不免兴废之感。

1　三山：福州别称，以其城内有屏山、九仙山、乌石山而得名。

西湖在福州城西北三里，湖周至四十里。赵丞相，名汝愚。赵
汝愚于淳熙九年（1182）、绍熙元年两次知福州，首次帅闽时，
曾疏浚西湖。宁宗即位之后除右丞相。经始即指其疏浚西
湖事。

2　平野：平地。挽天河：力回天河。"吞平野"言湖水泛滥，"谁
来照影"意为谁恢复西湖平时的状态。卧龙山在福州北五里。

3　苏轼咏西湖诗有"水光潋滟晴方好，山色空蒙雨亦奇。欲
把西湖比西子，淡妆浓抹总相宜"句。约略，大概。

4　滟滪堆在夔州西南大江中，瞿塘峡口。夏水涨，没数十丈，
其状如马，舟人不敢下瞿塘。福州西湖中有孤山，湖水泛滥，
可比滟滪堆。

5　赵汝愚开浚西湖，曾惹来朝中议论纷纷，所谓"中有句，浩
难写"指此。

6　临安有西湖诗社，行都士大夫及寓居诗人，赋咏流传，而福
州虽有西湖，有无诗社，书中无载。

7　赵汝愚淳熙九年帅闽时疏浚西湖，八九年后再帅七闽，前
此所植杉柳，盖已绿树成荫。

8　陌上：街上。故国：指五代的闽国。王延翰自称大闽国王，
跨西湖筑宫十余里，号水晶宫。与王后陈金凤从子城跨复道
出游。

9　陈后作《乐游曲》，使宫女同声歌之。粉黛：宫女。

水调歌头

壬子三山被召，陈端仁给事饮饯席上作 [1]

　　长恨复长恨，裁作《短歌行》[2]。何人为我楚舞，听我楚狂声[3]？余既滋兰九畹，又树蕙之百畮，秋菊更餐英[4]。门外沧浪水，可以濯吾缨[5]。　　一杯酒，问何似，身后名[6]？人间万事，毫发常重泰山轻[7]。悲莫悲生离别，乐莫乐新相识[8]，儿女古今情。富贵非吾事，归与白鸥盟[9]。

　　陈岘闲退的时间和经历与作者相仿，因此，作者借用《短歌行》的体裁，以集句的形式，杂文史诗骚的语句，围绕"长恨复长恨"作文章，是对自己和友人不平遭遇的倾诉和同情，也是对是非颠倒的社会现实的否定和批判。作者最后感叹说：富贵不是我能谋求的事，不如回到带湖的家中，与我早已订立盟约的老朋友白鸥相聚。

1　壬子：绍熙三年（1192）。此年岁杪（miǎo），作者在福建提刑任上被召，于陈岘饯送席上作此词。陈端仁：即陈岘，福州人，曾任给事中。淳熙九年（1182）罢蜀帅，至此尚闲居于家中。

2　《乐府诗集》有《短歌行》，主题大都是及时行乐。裁：剪裁，指赋词。

3　汉高祖对戚夫人说："为我楚舞，吾为若楚歌。"楚狂：指接舆，曾作歌过孔子。

4　此三句皆《楚辞·离骚》语。畹：已见。晦：同亩。餐英：食落花。

5　沧浪之水：见《洞仙歌·访泉于期思村》词注释。所引孺子之歌，见《孟子·离娄》上。

6　此三句亦见《洞仙歌·访泉于期思村》词注释。

7　此二句分见《庄子·齐物论》和《汉书·司马迁传》。

8　此二句见《楚辞·九歌·少司命》。

9　此二句分见陶渊明《归去来兮辞》和黄庭坚《登快阁》诗。

水龙吟

过南剑双溪楼[1]

举头西北浮云，倚天万里须长剑[2]。人言此地，夜深长见，斗牛光焰[3]。我觉山高，潭空水冷，月明星淡[4]。待燃犀下看，凭栏却怕，风雷怒，鱼龙惨[5]。　　峡束苍江对起，过危楼欲飞还敛[6]。元龙老矣，不妨高卧，冰壶凉簟[7]。千古兴亡，百年悲笑，一时登览[8]。问何人又卸，片帆沙岸，系斜阳缆[9]？

　　此词咏剑津双溪楼，即以用长剑一挟浮云为起，以喻用武力恢复中原的壮志。接下来多用剑津典故，阐发历史的责任感。下片回到现实中来，以"欲飞还敛"等语句比拟自身从朝中被排挤的现状，用"元龙高卧"抒发不得志的感慨。而结以登楼兴叹，更涉及傍晚又有人系缆沙岸的情景，以表现对前途莫测的担忧。全词是以幽隐曲折的笔法，表达对家国、个人命运的关注。

　　1　双溪楼在南剑州（今福建南平）剑溪之上。此词是作者于绍熙四年（1193）自临安出知福州兼福建安抚使，途中经此楼所赋。

2 拨去西北浮云，须用万里倚天长剑。

3 晋豫章人雷焕因见斗宿和牛宿之间有紫气，在丰城掘狱屋，得龙泉、太阿双剑。焕卒，其子雷华持剑行经延平津，剑从腰间跃出坠水，见两龙出没，于是失剑。后人就名此地为剑津，此水为剑溪。

4 "我觉"三句：言实地察看，剑津周围，环境空寂凄冷。

5 晋人温峤曾在牛渚矶燃犀角照水，只见江中水族奇形怪状。这三句是说，像温峤那样燃犀下照，却怕见鱼龙的凄惨。

6 峡束苍江：指剑溪两岸青山相对，束缚江水。危楼：高楼。"欲飞"句：指江水冲突不成，收敛而去。

7 元龙：即陈登，曾高卧大床，令许汜居于下床。冰壶凉簟：夏日用具。

8 "千古"三句：指远古的历史和近代的现实。

9 系斜阳缆：谓斜阳下系缆。

沁园春

再到期思卜筑[1]

一水西来，千丈晴虹，十里翠屏[2]。喜草堂经岁，重来杜老[3]；斜川好景，不负渊明[4]。老鹤高飞，一枝投宿[5]，长笑蜗牛戴屋行。平章了，待十分佳处，着个茅亭。　　青山意气峥嵘。似为我归来妩媚生[6]。解频教花鸟，前歌后舞[7]；更催云水，暮送朝迎。酒圣诗豪，可能无势，我乃而今驾驭卿[8]。清溪上，被山灵却笑，白发归耕[9]。

作者在福建仕宦任上被劾罢，不得已而归铅山期思。人需要居处，如鸟尚筑巢一枝，无奈之下，只得效蜗牛作庐以居。下片则规划卜居以后的生活：与花鸟为伴，与云水为邻，驾驭酒圣诗豪。林下生涯虽不无惬意，但毕竟尚须忍受瓜山山灵的嘲笑，笑我白发归耕。以此结束全篇，呼应"重来杜老"，点出"再到期思卜筑"之题。

1　这是作者罢闽帅任归来后，经营期思溪五堡洲新居时所作。期思溪即紫溪，与铅山河于五堡洲南相汇，复分绕此洲，于洲北期思村（今蒋家峒）再汇合而向北流去。卜筑，卜地建屋。

2　一水西来：指紫溪水自西南而东北流。千丈晴虹：指在期思溪上所建新桥。十里翠屏：五堡洲越紫溪，对面的瓜山以至横畈的期思岭，数里间青山叠嶂，有如一排绿色屏风。

3　杜甫于宝应元年（762）秋避成都之乱，离开浣花溪草堂，广德二年（764）重归，期间相隔一年多。杜甫的《草堂》诗"旧犬喜我归，低徊入衣裾。邻舍喜我归，沽酒携胡芦"等语。

4　陶渊明有《游斜川》诗。斜川在南康军星子县。

5　唐人有"老鹤能飞"诗句。鹪鹩筑巢于林，只需一枝。此句是以鹪鹩自比。

6　唐太宗言："魏徵举动疏慢，我但见其妩媚耳。"妩媚，姿态娇美媚人。

7　解：能。《尚书大传》载武王伐纣，有"前歌后舞"句。苏轼诗也有"鸟能歌舞花能言"句。

8　桓温曾从容对孟嘉说："人不可无势，我乃能驾御卿。"可能，岂能。

9　山灵：原谓《北山移文》中的钟山之灵，此借指瓜山山灵。瓜山所嘲笑讥诮者，皆针对周颙之假步于山扃，情投于魏阙。现今作者自福建安抚使罢任而再至期思卜筑,先做官后退归,与周颙之先隐后官不同,故山灵只能嘲笑其白发归耕而已。

水龙吟

用些语再题瓢泉，歌以饮客，声韵甚谐，客皆为之醺[1]

听兮清佩琼瑶些。明兮镜秋毫些[2]。君无去此，流昏涨腻，生蓬蒿些[3]。虎豹甘人，渴而饮汝，宁猿猱些[4]！大而流江海，覆舟如芥，君无助，狂涛些[5]！　　路险兮山高些。愧余独处无聊些。冬槽春盎，归来为我，制松醪些[6]。其外芳芬，团龙片凤，煮云膏些[7]。古人兮既往，嗟余之乐，乐箪瓢些[8]。

本词用韵全拟《招魂》，内容上也模拟《招魂》。但作者不是自招，而是为泉招魂。上片是为泉择地，力劝其不要离开深山，去为黑暗势力推波助澜。下片则描述魂兮归来之后的快乐，但也不是骄奢淫佚，而是清贫和纯洁。全词体现的是作者憎恶社会现实的黑暗，蔑视富贵和权势，表达与泉相伴的高尚情操。以招魂体入词，是作者改革词体、扩大词的表现力的有益尝试。

1　作者淳熙末寓居带湖期间曾作《水龙吟·题瓢泉》（稼轩

何必长贫），此词乃自福建罢官后所作，故作再题。釂（jiào）：一饮而尽。

2　清佩琼瑶：谓瀑布注入瓢泉的水声。"明兮"句，明如镜，秋毫可察。些（suò）：语助词，《招魂》用作韵脚。

3　君无去此：请你不要离开。昏、腻：香腻的脂粉，指洗掉的脂粉。蓬蒿：野生蒿草。

4　甘人：以吃人为甜美。猿猱（náo）：猱，猴。宁猿猱：此泉宁让猿猴饮，不让虎豹用。

5　此四句言瓢泉不须流入江海，以推波助澜，颠覆舟楫。芥：小草。

6　槽、盎：制酒装酒器具。松醪（láo）：松汁所酿成的酒。苏轼有《中山松醪赋》。

7　团龙片凤：宋代建州所进的贡茶，即龙团茶，凤团茶。云膏：也是一种团状茶。

8　乐箪瓢：喜欢颜回那样一箪食、一瓢饮的简单生活。

祝英台近

与客饮瓢泉，客以泉声喧静为问。余醉，未及答，或者以"蝉噪林逾静"代对，意甚美矣。翌日，为赋此词以褒之[1]

水纵横，山远近，拄杖占千顷。老眼羞明，水底看山影[2]。试教水动山摇，吾生堪笑，似此个青山无定[3]。　　一瓢饮，人问翁爱飞泉，来寻个中静[4]。绕屋声喧，怎做静中境[5]？我眠君且归休，维摩方丈，待天女散花时问[6]。

作者与客饮瓢泉，在庆元元年（1195）初。前一年，作者罢福建安抚使，又两次受到言官弹劾，这时正在庆元党禁的前期。当此风雨欲来之际，正不知其前途有何凶险，所以以客人的提问为题写下此词。客既不识山林之静为何物，故不屑于作答。假禅理而言个人遭际，正是这首词的特点。

1　瓢泉：在铅山县东二十五里期思渡旁，瓜山脚下。其形似瓢，遗迹至今犹存。山林本静，而泉水有声，故客人来问喧静。

"蝉噪林逾静,鸟鸣山更幽",是南朝王籍的名诗句。作者为阐明退归山林的哲理,故以此为题而作此词。

2　羞明:怕见日光之眼病。不能仰视,只能从水底看山影。

3　"试教"句,言试着搅动泉水,则水动山摇,好似作者的人生一样具有不确定性。

4　《论语》说,颜回的生活是"一箪食,一瓢饮"。作者仰慕颜回,瓢泉的命名取义于此。于是有客人来问:此老爱飞泉,是否要来闹中取静?

5　"绕屋"两句,也是客人问语。围绕小屋的泉声正喧,哪里有安静的环境?

6　陶渊明醉酒欲眠,即让客人先去。《维摩诘所说经》上说,维摩诘室有一天女,见诸天人说法,即现身,以天花散各菩萨大弟子身上。这是因客人不识进退之机缘,所以不予作答的一种表示。

兰陵王

赋一丘一壑[1]

一丘壑，老子风流占却[2]。茅檐上，松月桂云，脉脉石泉逗山脚[3]。寻思前事错，恼杀，晨猿夜鹤[4]。终须是，邓禹辈人，锦绣麻霞坐黄阁[5]。　　长歌自深酌。看天阔鸢飞，渊静鱼跃[6]，西风黄菊香喷薄。怅日暮云合，佳人何处？纫兰结佩带杜若[7]。入江海曾约。　　遇合，事难托[8]。莫击磬门前，荷蒉人过[9]。仰天大笑冠簪落[10]。待说与穷达，不须疑着。古来贤者，进亦乐，退亦乐[11]。

這首词凭借赋咏其居地的一丘一壑，表达他对时局的忧虑。作者于绍熙五年（1194）秋被劾罢任后，又于十二月被劾降职。他有出仕和退归的不同经历，故能深刻总结福建再出的是非，对攫取政权的韩侂胄集团的打击和排斥具有了更强的抗御能力。全词议论出仕问题，不着一句牢骚，没有明显的怨诽语，仅在歇拍时始道出"进亦乐、退亦乐"的主旨，以婉约表达幽愤，深得骚体精髓。

1　一丘一壑：犹言一山一水。指瓢泉所对的瓜山与五堡洲之间的紫溪水。词作于庆元元年（1195）。

2　老子：作者自称。占却：占尽，谓占尽风流。

3　石泉：指瓢泉。逗：近，到。脉脉：水流状，同默默。瓢泉在瓜山脚下。

4　前事：指福建出仕一事。晨猿夜鹤：前已见。恼杀：极恨。

5　邓禹：汉光武帝同学，东汉中兴的第一大功臣。"锦绣"句，锦衣麻鞋。黄阁：宰相的办公处。言黄阁非我等所能坐，只有邓禹等人才能坐上此位。终须：终归。

6　鸢（yuān）：鹰类。

7　日暮云合：晚云聚合。佳人：喻居于山中的君子。纫：缝纫。杜若：兰属，香草。

8　遇合：君臣共事的机遇。难托：指此类事靠不住。

9　孔子在卫国击打乐器磬，有担着草制器具的人经过门前，言道："有心人啊，但也浅薄，不是知音。"蒉（kuì）：古代用草编的筐子。

10　楚国发兵攻齐，齐王派淳于髡出使赵国求救，给了黄金一百斤，车马十乘。淳于髡仰天大笑，冠缨断绝。这是讽刺统治者所求甚多而所付出的甚少，贪婪而吝啬。

11　穷达：贫困和通达。

沁园春

灵山齐庵赋。时筑偃湖未成[1]

叠嶂西驰，万马回旋，众山欲东[2]。正惊湍直下，跳珠倒溅；小桥横截，缺月初弓。老合投闲，天教多事，检校长身十万松[3]。吾庐小，在龙蛇影外，风雨声中[4]。　争先见面重重。看爽气朝来三四峰[5]。似谢家子弟，衣冠磊落[6]；相如庭户，车骑雍容[7]。我觉其间，雄深雅健，如对文章太史公[8]。新堤路，问偃湖何日，烟水蒙蒙？

这首描写灵山齐庵的词作，迥异于一般的山水诗词。作者在写作中运用了拟人、比喻等多种手段，赋予群山生机勃发的力量。上片除了把众山比拟成奔腾万马外，还把松林比拟成十万大军的将士，为自己不能率此大军平定中原而痛惜。下片又连用比喻，以衣冠、车骑等事物甚至用文章的风格摹写群山的气势，赋予山水以鲜活的生命特征，体现了作者山水词的非凡气概。

1　灵山在上饶北七十余里,共有七十二峰,齐庵在齐眉峰下,浐港溪上流(今江西上饶湖村乡)。作者欲在此拦河筑堤形成堰塞湖,未能完成,因作此词。

2　叠嶂西驰:齐眉双峰在灵山西境,故有万马西驰,复回旋向东奔去的气势。

3　"老合"句,言人老就应当投闲置散。多事:指无事找事做。"检校"句,把检视十万长松当作十万大军检阅。长身:高大勇武的兵士。

4　吾庐:指齐庵,作者此时住在庵中。龙蛇影,风雨声:状雨中松影松声。作者另有《归朝欢》词题谓:"灵山齐庵菖蒲港,皆长松茂林。"

5　此二句再写山。早晨众山争先前来朝见,但清爽者仅三两座山峰而已。

6　谢家子弟:指谢玄等,谢安的子侄辈。

7　"相如"二句,指司马相如回临邛,随从的车马,雍容娴雅。

8　其间:指灵山山中。韩愈论柳宗元的文章,有"雄深雅健,似司马子长"的评语。子长:汉太史公司马迁字,故谓"如对文章太史公"。作者面对灵山,有在明窗净几间读《史记》的感觉。

沁园春

将止酒，戒酒杯使勿近[1]

　　杯汝来前，老子今朝，点检形骸[2]。甚长年抱渴，咽如焦釜；于今喜睡，气似奔雷[3]？汝说"刘伶，古今达者，醉后何妨死便埋"[4]。浑如许，叹汝于知己，真少恩哉[5]！　　更凭歌舞为媒。算合作人间鸩毒猜[6]。况怨无小大，生于所爱；物无美恶，过则为灾[7]。与汝成言："勿留亟退，吾力犹能肆汝杯。"[8]杯再拜，道"麾之即去，召亦须来"[9]。

　　———

　　这是一首游戏词，用古文体写成。上片说酒杯不管人的死活，一味劝饮，甚至以刘伶死便埋的话辩解，所以把酒杯唤至近前，加以斥责。下片历数酒杯之罪，说它一旦与歌舞为友，便如鸩毒一样可怕。最后则以斥退酒杯，以及酒杯的拜别为结。酒杯用商量的口气小心回话，更表现了酒与作者难以割舍的情缘。全篇幽默而又文笔恣肆，体现了稼轩词风格的多样性。

1　庆元二年（1196）春，作者因病止酒期间，写了这篇饮酒人与酒杯的对话词。

2　点检：检查。形骸：身体。

3　甚：为什么。长年：经年。抱渴：患消渴症，喜饮解渴。焦釜：谓咽喉如烧干的锅。喜睡也是消渴症状。气似奔雷：指鼾声如雷。

4　晋人刘伶常乘鹿车，携一壶酒，使人荷锸随之，道："醉死便掘地埋我。"

5　浑如许：果然如此。知己：指酒杯对主人。少恩：缺少恩惠。

6　"更凭"句，言酒借歌舞为媒。算：正。酒对于人可以说是解渴的鸩毒。鸩：有毒的鸟。

7　过则为灾：过指超过限度。

8　成言：约定，为春秋时期诸侯结盟的语言。肆：处罚。原指处死的犯人陈列于朝市。言尚能置酒杯于死地。

9　麾之：同挥之，有撵出去的意思。

贺新郎

和徐斯远下第谢诸公载酒相访韵 [1]

逸气轩眉宇[2]。似王良轻车熟路，骅骝欲舞[3]。我觉君非池中物，咫尺蛟龙云雨[4]。时与命犹须天付。兰佩芳菲无人问，叹灵均欲向重华诉[5]。空壹郁，共谁语[6]？　　儿曹不料扬雄赋。怪当年《甘泉》误说，青葱玉树[7]。风引船回沧溟阔，目断三山伊阻[8]。但笑指吾庐何许？门外苍官三百辈，尽堂堂八尺须髯古[9]。谁载酒，带湖去？

庆元二年(1196)礼部考试，在韩侂胄党羽把持下，稍涉义理者皆遭黜落。徐斯远受理学和朱熹牵连下第，成为党禁的牺牲品，作者为此深感不平。从这首词中，可以看出作者对伪学禁所持的反对立场是何等鲜明，而对友人下第则宽慰备至。词中多用典故，如下片"儿曹不料"三句，斥责主文者不学无术，用典贴切。虽然全篇皆写友人失意，却几无激愤语，境界甚高。

1　徐文卿字斯远,上饶诗人,庆元二年省试落第,归后诸友载酒相访,徐有回谢之词,作者次其韵而作此词。

2　轩眉宇:眉毛上扬。气宇轩昂状。

3　王良:古代善驾车者。骅骝:周穆王八骏之一。骅骝奋蹄奔驰。

4　周瑜称刘备蛟龙得云雨,终非池中物。

5　时与命:机会与命运。《离骚》有"就重华以陈词"句,灵均:屈原自称。重华:指舜。

6　壹郁:同抑郁。

7　不料:料有估价、评价之义。儿曹:小儿辈,这里是对主考官的蔑称。不料扬雄赋:意指考官看不出考卷的水平。青葱玉树:是扬雄《甘泉赋》中语。左思曾对此句大加指责,以为甘泉宫不能生玉树,不懂这是辞赋的借喻写法。同样,考官也看不出徐斯远文章高妙,致其落第。

8　历代都有入海求三仙山者,以其仙人及不死药皆在,然而有至者,风都引船而去,终莫能至。沧溟:大海。伊阻:受阻。伊:助词。三神山不可到,喻徐斯远下第。

9　"但笑"三句言徐斯远来访。苍官谓松和柏。须髯亦喻松。皆指带湖所种的松柏。

西江月 [1]

　　粉面都成醉梦，霜髯能几春秋[2]？来时诵我《伴牢愁》。一见尊前似旧[3]。　　诗在阴何侧畔，字居罗赵前头[4]。锦囊来往几时休？已遣蛾眉等候[5]。

　　范氏是作者续娶之妻子，夫妇相守二十余年，感情颇笃。妻子去世后，作者将之葬于阳原山中，与自己同地，伉俪之情可知。此词追忆其生平数事，既以为知音，又表彰其内助之劳，更推崇其诗书之佳。篇幅虽短，情意殷切，前代学者解读此词均未能明了其意，细心研求，词意方见。

1　此词原刊本编在庆元二年（1196）遣放歌者诸词之间，却非为侍女所作。词意显为妻子去世后作者追忆以前的情景，是一首悼亡词。

2　"粉面"二句：妻之美貌已成过去，而我衰老，余生有几。

3　"来时"二句，忆范氏初嫁时情景，言相见之初，即诵作者所作《伴牢愁》，知能与自己同甘共苦者。扬雄曾作《反离骚》以吊屈原，又拟《怀沙》而作《畔牢愁》。唐宋人以其乃和《九章》之义，多作《伴牢愁》。

4　阴何：阴铿、何逊，南朝诗人。罗赵：罗叔景、赵元嗣，晋书家。作者有《定风波·大醉归自葛园家人有痛饮之戒故书于壁》词，称"元自有贤妻"，知范氏善书，而诗则未见。

5　唐诗人李贺每出行，背古锦囊，得诗句即入囊中。暮归，其母常使婢探其囊中诗。作者寓居带湖七八年间，长年游山玩水，赋诗作歌，每次归来，范氏皆如李贺之母，早遣蛾眉迎候，为之整理诗囊。

玉楼春

戏赋云山

　　何人半夜推山去？四面浮云猜是汝[1]。常时相对两三峰，走遍溪头无觅处。　　西风瞥起云横度[2]，忽见东南天一柱。老僧拍手笑相夸：且喜青山依旧住。

　　这首小词写早晨只见云雾不见山，溪头苦苦寻觅，以及云雾散去青山显露的喜悦。但在写法上则动用了设问、悬疑、拟人等种种手段，完全采取了动态的描写，使全词处于流转运动之中。词写的是铅山县的云山，是作者移居瓢泉以后的作品。

1　两句倒置因果。山被人半夜推走，是何人？我猜是四面的浮云。

2　瞥（piē）：很快地看一眼。西风瞥起，谓转眼间起风。

木兰花慢

中秋饮酒将旦，客谓前人诗词，有赋待月，无送月者，因用《天问》体赋[1]

可怜今夕月，向何处，去悠悠[2]？是别有人间，那边才见，光影东头[3]？是天外空汗漫，但长风浩浩送中秋[4]？飞镜无根谁系？姮娥不嫁谁留[5]？　谓经海底问无由，恍惚使人愁[6]。怕万里长鲸，纵横触破，玉殿琼楼[7]。虾蟆故堪浴水，问云何玉兔解沉浮[8]？若道都齐无恙，云何渐渐如钩[9]？

本词是稼轩词中最为奇特的词作之一。全篇模仿《天问》体，连向西行之月发出七个问题，开创了问月的新篇章。其中针对月球是否绕地运行的疑问，既反映了词人超常的想象力，也闪烁着思想解放的火花。而后面的问题，围绕着有关送月的神话传说提出质疑，深刻展示了作者对美好事物的热爱，具有一种心系万物的伟大胸怀。全词结构严谨，想象瑰丽、浪漫，而发问合理，妙悟启人。

1　此词赋送月,乃止酒期结束之后所作,当写于庆元三年(1197)之后。饮酒将旦:言彻夜饮酒,将及天明,故见中秋月从升起至西沉。《天问》是《楚辞》中的名篇。

2　可怜:可爱,可惜。此三句问月去向何方,有可惜的意思。悠悠:慢慢。

3　疑人间别有天地,月于此间落,于彼处升起。地为球形,月绕地球运行,此天体科学道理,八百余年前人类尚未知晓,然而颇有先知先觉者提出感性疑问。作者即大胆提出疑问的其中一人。

4　空汗漫:广阔无垠,指天外广大空间。送中秋:言浩浩长风送走了中秋月。

5　无根谁系,飞镜无根,系在哪里? 姮娥私窃不死药,飞升入月为月精,孤独无偶,她不嫁人,谁人收留了她?

6　卢仝《月蚀诗》有"烂银盘从海底出,出来照我草屋东"的句子。作者怀疑此说没有根据,模糊不清,使人发愁。

7　既然月经海底,就怕万里长鲸,游泳时撞坏了月中的玉殿琼楼。

8　虾蟆:即蟾蜍,月中之物。虾蟆会游泳,不怕浴水,玉兔不会游泳,为什么却能在水中沉浮? 玉兔也是月中之物。故堪:固然可以。云何:何以。解:能。

9　都齐:完全。无恙:指虾蟆和玉兔入水之后都安全无事。渐渐如钩:指如钩初月,见不到月中有虾蟆和玉兔。

鹧鸪天

读渊明诗不能去手，戏作小词以送之

晚岁躬耕不怨贫，只鸡斗酒聚比邻[1]。都无晋宋之间事，自是羲皇以上人[2]。　千载后，百篇存，更无一字不清真[3]。若教王谢诸郎在，未抵柴桑陌上尘[4]。

此词读陶渊明诗，写作者心目中的陶渊明形象：身处乱世，退归田园，使王、谢大族的功名大为逊色。然而陶渊明并非真正的隐士，也不是全不把晋宋禅代事放在心上。这显然是以陶渊明自况，借陶渊明抒发其身在山中，而心系天下苍生的伟大怀抱。因此，这首词既是读陶诗的一个总结，也是一篇言志的述怀词。

1　陶渊明有《庚戌岁九月中于西田获早稻》等诗，自述归田园后躬耕情景。"忧道不忧贫""只鸡招近局""斗酒聚比邻"，皆其诗中句。

2　都无：全无，也可解作若无。两句的意思是：如果陶渊明全然不把晋、宋易代之间的篡夺事放在心上，那他自然是远古的人物了。羲皇：伏羲。

3　《陶渊明集》存诗一百二十篇。苏轼《和饮酒二十首》诗有"江左风流人,醉中亦求名。渊明独清真,谈笑得此生"等句。

4　乌衣巷在秦淮南,晋南渡,王谢诸名族居此,时谓其子弟为乌衣诸郎。柴桑:陶渊明居地,在江州德化县楚城乡。陌上尘:街上的尘土。

兰陵王

己未八月二十日夜，梦有人以石研屏见饷者[1]，其色如玉，光润可爱。中有一牛，磨角作斗状，云："湘潭里中有张其姓者，多力善斗，号张难敌。一日，与人搏，偶败，忿赴河而死。居三日，其家人来视之，浮水上，则牛耳。自后并水之山，往往有此石，或得之，里中辄不利。"梦中异之，为作诗数百言，大抵皆取古之怨愤变化异物等事，觉而忘其言。后三日，赋词以识其异[2]

　　恨之极，恨极销磨不得。苌弘事人道后来，其血三年化为碧[3]。郑人缓也泣："吾父，攻儒助墨。十年梦沉痛化余，秋柏之间既为实。"[4]　　相思重相忆。被怨结中肠，潜动精魄[5]。望夫江上岩岩立[6]。嗟一念中变，后期长绝。君看启母愤所激，又俄顷为石[7]。　　难敌。最多力。甚一忿沉渊，精气为物，依然困斗牛磨角。便影入山骨[8]，至今雕琢。寻思人世，只合化，梦中蝶[9]。

――　　这是作者庆元五年(1199)八月的一首记梦词。梦境离奇,却曲折表达了作者的思想情感。全词上中下三片,通过四则古来因怨愤而化石的故事,验证梦中张难敌化为研屏的怪异。上片写苌弘、郑人缓化石(缓墓所结为柏之实,此以实代石),是两男,父子君臣之事;中片写望夫女、启母化石,是两女,夫妻事。下片则以张难敌斗败,化石后仍作困斗状,歌颂宁死不屈的斗争精神。这首词塑造了一个斗士的形象,借以抒发胸中激愤不平之气,实则是庆元党禁时期,反对"攻儒助墨"的伪学禁的一种政治表态。

1　己未:庆元五年。石研屏:又作石砚屏,即石制的砚屏风。饷(xiǎng):此处指馈赠。

2　古之怨愤变化异物等事,因心生怨愤,变化为其他物体。

3　苌弘死,蜀人藏其血,三年而血化为碧玉。

4　郑人缓为儒,其弟翟为墨。儒墨相争,其父助墨。十年而缓自杀,其父梦之,缓说:"使而子为墨者,予也。阖胡尝视其良?既为秋柏之实矣。"缓自言墓上松柏已经结实。

5　怨结中肠:怨气郁结肠中。潜动精魄:惊动灵魂。

6　望夫江:望夫石,在铅山分水山西,白鹤山巅。相传有妇望夫不归,化为石。

7　后期长绝:断绝了后日的希望。此二句,中岳华山有夏后启母石。夏启生,而母化为石。禹治水,化为熊通山,其妻涂山氏见之,惭而去。至嵩高山下,化为石。方生启,禹曰:"归我子。"石破北方而启生。

8　山骨:山石。影入山骨:谓斗牛的影像化入山石。

9　庄周自说梦中化蝴蝶,不知是蝴蝶还是庄周。见《庄子·齐物论》。

永遇乐

检校停云新种杉松，戏作。时欲作亲旧报书，纸笔偶为大风吹去，末章因及之[1]

投老空山，万松手种，政尔堪叹[2]。何日成阴？吾年有几？似见儿孙晚。古来池馆，云烟草棘，长使后人凄断[3]。想当年良辰已恨，夜阑酒空人散[4]。　　停云高处，谁知老子，万事不关心眼[5]？梦觉东窗，聊复尔耳，起欲题书简[6]。霎时风怒，倒翻笔砚。天也只教吾懒。又何事催诗雨急，片云斗暗[7]？

———

陶渊明的《停云》诗，主要是说身处乱世，而亲友却不肯屏居田园，所以叹息而思之。作者效其诗意，上片的探讨种松的意义，下片的勉强题写书简，都是祖述陶诗本意，写出作者对庆元党禁时期社会现实的不满，对亲旧政治动向的关切。近年来，作者屡遭当权者的报复打击，检校停云新种的杉松正是与政治迫害针锋相对的举动。此词反映了作者面对迫害时孤军奋战、企求援助的心态。

1　停云堂：在作者所居瓢泉西北隐湖山上。陶渊明有《停云》诗，写思念亲友。庆元二年（1196）至三年间，作者在隐湖新种杉松，其所作《玉楼春·隐湖戏作》词有"多方为渴泉寻遍，何日成阴松种满"句。

2　投老：到老。空山：指隐湖山。政尔：只此。

3　"古来池馆"三句，古人留给晚辈的楼台馆阁，大都芜没在云烟草棘中，使后人为此伤心。

4　当年的美景良辰，夜深酒尽人散，不免一切皆空。

5　停云堂建在山上，所以称为"停云高处"。心眼：此单指心。万事不关心眼：不关心世间万事。其时正值庆元党禁时期，作者对政治时局极为关注，却于此反说。

6　陶渊明《停云》诗有"有酒有酒，闲饮东窗"语。聊复尔耳：姑且如此，有勉强应付之意。庆元党禁时期的亲旧，如作者居于深山中极少，大多热衷于仕进。作者心怀鄙薄，却不能不应付世俗，故题写书简仅出于应付而已。

7　催诗雨：即雨催诗。斗：同陡，顿时。

六州歌头

属得疾，暴甚，医者莫晓其状。小愈，困卧无聊，戏作以自释[1]

晨来问疾，有鹤止庭隅[2]。吾语汝："只三事，太愁余：病难扶，手种青松树，碍梅坞，妨花径，才数尺，如人立，却须锄（其一）[3]。秋水堂前，曲沼明于镜，可烛眉须[4]。被山头急雨，耕垄灌泥涂。谁使吾庐，映污渠（其二）[5]？　　叹青山好，檐外竹，遮欲尽，有还无？删竹去，吾乍可，食无鱼，爱扶疏[6]。又欲为山计，千百虑，累吾躯（其三）。凡病此，吾过矣，子奚如？"[7]口不能言臆对："虽卢扁药石难除[8]。有要言妙道（事见《七发》），往问北山愚，庶有瘳乎？"[9]

————

本词是作者大病之后，借问疾的鹤与主人的对话，抒写山居的困惑。困扰作者的不过三事：松树妨碍梅坞花径，曲沼变污渠，竹子遮挡青山。作者郑重提出的仅如此区区小事，又戏言卢扁难医，以风趣诙谐掩盖得病的真正原因，其实是对时局的极度忧虑,所以自称"戏作以自释"。全篇以赋为词,打破上下两片记事抒情的成规,上下连贯,应当作为一篇短赋来读。

1　作者暴病愈后所作此词,是效贾谊《鵩(fú)鸟赋》体为词,当作于庆元五年。

2　贾谊《鵩鸟赋》序有"有鵩飞入谊舍,止于坐隅。鵩似鸮,不祥鸟也。谊既以谪居长沙,长沙卑湿,谊自伤悼,以为寿不得长,乃为赋以自广"等语。此二句仿其辞。

3　此第一件事,是所种幼松,因碍梅妨花,须锄掉。

4　秋水堂:在今稼轩乡南十一里横畈的期思岭下,南距瓢泉一里余。曲沼:即作者在堂前新开之池,后世称之为蛤蟆塘。烛须眉:池沼水清,照见须眉。

5　映污渠:言池沼被急雨裹挟的污泥灌注,使秋水堂倒映于污泥中。

6　有还无:是保留还是砍去为好。乍可:宁可。"食无鱼"二句,苏轼《於潜僧绿筠轩》诗有"可使食无肉,不可居无竹"句。

7　"吾过"二句:我的错,你以为如何。奚如:何如。

8　《鵩鸟赋》有"鵩乃叹息,举首奋翼。口不能言,请对以臆"等句。臆:同意,言鸟不能说,猜测其意。此病扁鹊也难以药石治疗。卢扁:卢地名医扁鹊。药石:指石针,扁鹊善针灸。

9　要言妙道：重要言辞、妙绝说法。用要言妙道说而去病，语见枚乘的《七发》。北山愚：指孔稚圭《北山移文》中的北山之灵。庶有瘳乎：或许可以痊愈吧。

西江月

遣兴

　　醉里且贪欢笑，要愁那得工夫？近来始觉古人书，信着全无是处[1]。　　昨夜松边醉倒，问松"我醉何如"？只疑松动要来扶，以手推松曰"去"[2]。

　　这首词写于庆元党禁时期。上片写醉中的欢笑，引出否定古书的议论，似是醉语，又似是反语。因时局的是非颠倒和反常，进而开始怀疑古书中的错误。而下片叙事，写醉后情态：松边醉倒，向松发问，疑松来扶，推松不允，描摹人与松间的纠葛和语言，表现作者刚强自立、不肯依赖他人的精神状态，反映其不屈不挠的性格，以及维护自身尊严和理想的信念。

1　《孟子》有"尽信书则不如无书"的话，作者也于读书中看破古书的错误之处。

2　西汉龚胜坚持自己的见解，在压力面前不屈服，博士夏侯常劝其从众，龚胜手推夏侯常，曰"去"。作者此数句是写醉中以手推松使去。

浣溪沙

　　父老争言雨水匀，眉头不似去年颦。殷勤谢却甑中尘[1]。　　啼鸟有时能劝客，小桃无赖已撩人。梨花也作白头新[2]。

　　这是一首写农村生活的小词，选择了春夏之季风调雨顺的情景，表现农村父老对丰收的喜悦和企盼。语言朴实清新，感情饱满。下片运用作者惯用的拟人笔法，极具感染力。而这种轻松乐观的情绪，稼轩词中并不多见，仅见于他描写农村生活的词作中。

1　颦(pín)：皱眉。殷勤：频频。谢却：告别。却：是语助词。甑(zèng)：瓦罐，煮饭用。甑中落满灰尘，是因为断炊。
2　小桃无赖：指小桃树顽皮。撩人：逗引人。白头新：指梨花开放。

念奴娇

重九席上 [1]

龙山何处？记当年高会，重阳佳节[2]。谁与老兵供一笑？落帽参军华发[3]。莫倚忘怀，西风也解，点检樽前客[4]。凄凉今古，眼中三两飞蝶[5]。　须信采菊东篱，高情千载，只有陶彭泽[6]。爱说琴中如得趣，弦上何劳声切[7]？试把空杯，翁还肯道：何必杯中物[8]？临风一笑，请翁同醉今夕。

"九日"用孟嘉落帽事，虽为熟典，此词却翻新出异。庆元以来，韩侂胄以武人专权，小人在朝，以无耻为常事，风俗大坏。孟嘉虽是名士，然而在桓温控制下，也以闲客出任幕僚。所以宋人罗大经在《鹤林玉露》中说："意谓嘉不当从温，故西风落其帽以贬之，若免冠然。"其讥刺孟嘉之流用意显然，而对陶渊明的推崇，却是对不为当权者所诱惑的人物的颂扬，褒贬对比特别鲜明。

1　此词约作于庆元六年（1200）的重九庆筵上。

2　龙山:在湖北江陵城西北,东晋桓温九日登高,孟嘉落帽处。

3　老兵:指桓温。谢奕为桓温布衣友,为其部属时,曾逼桓温饮酒不成,乃与一兵共饮,有"失一老兵,得一老兵"语。落帽参军:谓孟嘉。九日桓温游龙山,佐吏皆着戎服,孟嘉时为参军,风吹落帽,而孟嘉不觉。谁与:谁为。此二句言,当西风吹落孟嘉帽时,露出华发,为桓温所嘲笑。

4　倚:倚仗。莫倚忘怀:反说介意此事。解:能。点检:检查,挑选。樽前客:指众佐吏。谓西风也能从席上众人中检选可戏弄之客。

5　"凄凉"二句,谓桓温、孟嘉等人,历经今古,早已无存。三两飞蝶:眼前所见。

6　须信:须知。千载而下,仅有陶渊明一人而已。渊明尝为彭泽令。

7　陶渊明不知音,却常抚无弦琴。爱说:喜言。

8　把:举。杯中物:酒。此三句继上两句,开陶渊明玩笑:琴可无弦,杯何须酒?

归朝欢

题赵晋臣敷文积翠岩[1]

我笑共工缘底怒，触断峨峨天一柱[2]。补天又笑女娲忙，却将此石投闲处[3]。野烟荒草路，先生拄杖来看汝。倚苍苔，摩挲试问[4]，千古几风雨？　　长被儿童敲火苦，时有牛羊磨角去[5]。霍然千丈翠岩屏，锵然一滴甘泉乳。结亭三四五，会相暖热携歌舞[6]。细思量，古来寒士，不遇有时遇[7]。

——　　庆元六年(1200)，赵不迁归铅山后，对积翠岩进行清理改造，使之成为一个景区。这首词是为岩中的擎天柱而作。上片写积翠岩擎天柱被遗弃的遭遇，抒发志士投闲置散的悲感，是写石，也是自况。过片续写巨石受到的不公待遇，暗喻群小猖獗、英雄在野的无奈。结句则赞扬赵不迁发现和关照此石的行为，表明寒士有时而遇的信念。

——　　1　赵晋臣：名不迁，寓居铅山，是宋朝宗室。直敷文阁是他的职名。积翠岩在铅山县西三里(今永平镇西)，群山环抱，有清风峡、擎天柱等名胜。

2 共工战败,怒而触不周山,折天柱。缘底:因何。

3 积翠岩有石名状元峰,又名擎天柱。谓此是女娲补天时所遗留的石柱。

4 摩挲(mó suō):抚摩。王安石《谢公墩》诗:"摩挲苍苔石,检点屐齿痕。"

5 韩愈《石鼓歌》有"牧童敲火牛砺角"句。敲火:敲击石头取火。磨角:砺角。

6 霍然:突然。翠岩屏谓擎天柱,甘泉乳谓石窍中胆泉。永平胆泉中含铜,可以提炼。甘泉乳:即指含铜的胆泉。庆元六年,赵不迁在此地建佛堂与亭阁。三四五:三五个。会相:应须。此地山深气寒,可携歌舞使之温暖。

7 董仲舒、司马迁皆有《悲士不遇赋》。

贺新郎

韩仲止判院山中见访，席上用前韵[1]

听我三章约用《世说》语。有谈功谈名
者舞，谈经深酌[2]。作赋相如亲涤器，识字
子云投阁[3]。算枉把精神费却[4]。此会不如
公荣者，莫呼来政尔妨人乐[5]。医俗士，苦
无药。　　当年众鸟看孤鹗。意飘然横空直
把，曹吞刘攫[6]。老我山中谁来伴？须信穷愁
有脚。似剪尽还生僧发[7]。自断此生天休问，
倩何人说与乘轩鹤[8]？吾有志，在丘壑。

作者本来是功名之士，可在庆元党禁期间却反对功名，
其实是反对韩侂胄的专权，反对实行庆元党禁。这首词上片
的约法三章，明确表达反对党争学禁的态度。下片借祢衡轻
慢曹、刘的典故，更是把目标直指韩侂胄及其党羽。"倩何人"
句，无异于同韩党决绝的一篇宣言。全篇纯用议论入词，大量
用典，但结体浑然，是文人词的代表作。

1　韩仲止判院：名淲，上饶人，韩元吉之子，自号涧泉，与赵蕃

同以诗称,人称"信上二泉"。庆元间,韩仲止任职于行在太平惠民药局,故称其为韩判院。据其自赋诗题目,知其庆元六年(1200)二月药局任期满,七月归上饶。因其来访作者于铅山山间,故赋和词作答。

2　汉高祖入关曾与父老约法三章。而虞存也为魏长齐初仕约法三章:"谈者死,文笔者刑,商略抵罪。"见载于《世说新语》。此约法之一之二,即禁止谈功名,谈经。庆元党禁时期,进士考试,凡考卷稍涉朱熹义理之学皆被黜落,《六经》及《论语》等经书为时大忌,故此处点明此事,予以谴责。

3　司马相如善作赋,他与卓文君私奔之后,在临邛作酒舍沽酒,文君当垆,相如亲自涤器。扬雄字子云,识奇字,校书天禄阁,因狱事牵连,自投阁下,几死。此约法之三,盖推而广之,言作赋识字何以不成为大忌?

4　扬雄作《太玄》,有人发难说"壹费精神于此,而烦学者于彼",即指其白费心力。

5　阮籍与王戎饮,刘公荣在坐,不得一杯。阮籍说:"胜公荣者不得不与饮酒,不如公荣者不可不与饮酒。"向秀欲注《庄子》,嵇康说:"此书讵复须注?正是妨人作乐耳。"

6　后汉孔融上疏荐祢衡,有"鸷鸟累百,不如一鹗"语。鹗(è),雕类猛禽。曹吞刘攫,曹、刘:指曹操、刘表,祢衡素轻视二人,先后辱骂曹操,侮慢刘表。数句言鹗飘然横空,直欲攫吞曹、刘。攫(jué):夺。

7　穷愁有脚:言穷愁自来作伴。还生僧发:如僧人发,剪尽还自生。

8　自断此生:指生活不依赖他人。断:了断,言解决生计。天:隐指朝廷。春秋时,狄人伐卫。卫懿公好鹤,鹤有乘轩车者。于是士兵都要求让鹤出战。乘轩鹤:喻指朝中当道者。

鹧鸪天

有客慨然谈功名，因追念少年时事，戏作[1]

壮岁旌旗拥万夫，锦襜突骑渡江初[2]。燕兵夜娖（侧角切）银胡䩮，汉箭朝飞金仆姑[3]。　　追往事，叹今吾，春风不染白髭须[4]。却将万字平戎策，换得东家种树书[5]。

上片回忆作者四十年前在山东起义军中的战斗生活，为自己在壮岁反金起义中擒获叛徒张安国、挥师南渡感到无比自豪。下片则由追昔转向抚今，英雄老去，志士沦为农夫。壮士闲中老，作者通过上下两片对过去的回顾与现实的对比，表现英雄迟暮的时代悲剧。换得东家种树书，只是一种假设，所以题目称为戏作。

1　此词之作，距庆元六年（1200）拒俗客谈功名，已不可同日而语，必为嘉泰二年（1202）二月，韩侂胄解除伪学禁，长期遭受党禁禁锢及被牵连之功名之士遂始萌动复出之际所赋。又是作者为纪念其绍兴三十二年（1162）春自山东南下渡江四十周年而赋。

2　此两句写实。作者于绍兴末年,率众二千,参加山东农民起义军。因起义军各有部曲,当作者南渡之初,麾下已有万名壮士。绍兴三十二年初,作者擒杀叛徒张安国,突骑渡江。锦襜(chān):锦制短衣。突骑:冲锋陷阵的骑兵。

3　燕兵:金兵。婑(chuò):整理。银胡鞣(lù):白色箭囊。金仆姑:箭名。二句言作者深入营擒获张安国事。

4　"春风"句,言时光不再,白须不能再黑。

5　万字平戎策:指作者南归之初所上《美芹十论》《九议》等抗金著作。东家:邻家。种树书:秦焚诗书百家,不焚者只有医药、卜筮、种树等实用书。

卜算子

千古李将军，夺得胡儿马[1]。李蔡为人在下中，却是封侯者[2]。　　芸草去陈根，笕竹添新瓦[3]。万一朝家举力田，舍我其谁也[4]？

这首词的上片，举汉代李广百战难封，而李蔡平庸封侯之事，说明英雄不为时用，是千古共同的悲哀。而下片列述自己既不为时用，而所从事的农家劳作，如在汉代，尚能以举力田而受到表彰，借此以讽刺当权者不能重用人才。

1　李广出雁门击匈奴，兵败被俘。匈奴单于要活捉李广，把受伤的李广置于两匹马拉着的一张网里，李广夺取一胡儿马，鞭马疾驰而归。

2　李广虽善战，一生却未能封侯。其从弟李蔡，名声远不如李广，却因功封侯，位列三公。

3　二句写自己从事农田劳作。"芸草"句，除草要从根上除尽。笕(jiǎn)竹：用竹筒作水管，引水灌溉。添新瓦：指竹筒接头处用瓦覆盖。

4　举力田：汉代把力田同三老、孝弟、孝廉、廉吏并列为荐举官吏的主要科目。"舍我"句：用《孟子》"当今之世，舍我其谁也"语。

贺新郎

邑中园亭，仆皆为赋此词。一日，独坐停云，水声山色，竞来相娱，意溪山欲援例者，遂作数语，庶几仿佛渊明思亲友之意云[1]

甚矣吾衰矣[2]。怅平生交游零落，只今余几[3]？白发空垂三千丈，一笑人间万事[4]。问何物能令公喜[5]？我见青山多妩媚，料青山见我应如是[6]。情与貌，略相似。　　一樽搔首东窗里。想渊明《停云》诗就，此时风味[7]。江左沉酣求名者，岂识浊醪妙理[8]？回首叫云飞风起[9]。不恨古人吾不见，恨古人不见吾狂耳[10]。知我者，二三子[11]。

───

作者自言这首词是应溪山之请，为停云堂而作。陶渊明作《停云》诗，为思亲友。而自庆元党禁以来，作者平生友人相继凋谢，而世事又是如此黑暗，故作者只与青山为知己，相与愉悦而已。下片语意一转，说陶渊明饮酒东窗，正复与我相似。然而环顾江左热衷名利的人物，有谁能知饮酒的妙理？知此妙理的也不过二三人而已。全篇结构跌宕起伏，警句迭出,是作者得意之作,也是稼轩词中的名篇。

1　题中意,指铅山境内的园亭,作者所赋尚有数首。而作者独坐停云堂上,溪山似皆来相娱,推测可能援旧例,望作者赋停云,故仿陶渊明诗意作此词。同调《韩仲止判院山中见访》乃赋秋水堂者,作于庆元六年(1200)秋,则此词应当作于嘉泰元年(1201)以后,或为二年春间所作。

2　语即吾衰老甚矣。语出《论语·述而》。

3　自庆元党禁以来,亲友如范如山、陈居仁、王自中、朱熹、洪迈,皆先后弃世。所余者,只有信上诸友。

4　"白发"二句,从此笑对人间万事,不再为世事而愁。李白诗:"白发三千丈,缘愁似个长。"

5　晋人有"髯参军,短主簿,能令公喜,能令公怒"语。文中的公谓桓温,能令桓温喜怒的是幕下王恂、郗超。而词中的公,作者借用以自称。何物:什么。

6　唐太宗曾评说魏徵"人言征举动疏慢,我但见其妩媚耳"。妩媚:美好动人。此移用于评价青山,而青山评价我也应如此。自说与青山互为知己。

7　东窗:已见《永遇乐·检校停云新种杉松》词的注释。搔首:见陶渊明《停云》诗"良朋悠邈,搔首延伫"。

8　"江左风流人,醉中亦求名",这是苏轼诗中语。求名者

岂知浊酒的妙理？浊醪：浊酒。杜甫有"浊醪有妙理"之
诗句。

9   云飞风起：是汉高祖《大风歌》中语句。

10   南朝擅长草书的张融曾说："非恨臣无二王法，亦恨二王
无臣法。"又说："不恨我不见古人，所恨古人又不见我。"

11   二三子：指寓居于铅山山中的几个友人。

贺新郎

再用前韵

　　鸟倦飞还矣[1]。笑渊明瓶中储粟，有无能几[2]？莲社高人留翁语，我醉宁论许事[3]。试沽酒重酚翁喜。一见萧然音韵古，想东篱醉卧参差是[4]。千载下，竟谁似！　　元龙百尺高楼里。把新诗殷勤问我，停云情味[5]。北夏门高从拉攞，何事须人料理[6]？翁曾道"繁华朝起"[7]。尘土人言宁可用？顾青山与我何如耳[8]！歌且和，楚狂子[9]。

　　这是作者为停云堂所赋《贺新郎》词的续篇，仍借陶渊明以浇自家胸中的块垒。上片树立了一个归田以后的陶渊明形象：瓶中无粟，莲社许饮，东篱醉卧。下片则自述停云高处的情怀。"北夏门高"两句，显然是慨叹时局大坏，当权者不知大厦将倾，而自己也绝无出手相援之意。所以，断然否定尘土人言，而肯定青山为知己。此词无疑是与韩侂胄一党决裂的政治宣示，与前一阕的"我见青山多妩媚"意义前后相承。

1　陶渊明《归去来兮辞》有"鸟倦飞而知还"句。

2　渊明此序自言家贫,"幼稚盈室,瓶无储粟"。瓶中纵有所储,为数亦少,是苏轼的话语。

3　莲社许法师曾招陶渊明入社,许其饮酒。"我醉,岂论其他事?"拟陶渊明的回答。

4　陶渊明曾"采菊东篱下",又有"我醉欲眠"语。参差是:差不多如此。以上拟陶渊明醉态。

5　陈登曾自卧高床,而刘备则居百尺楼上。此合二典故为一。元龙或指铅山诗友。停云风味:指作者在停云堂高处的情怀。

6　东晋任恺(kǎi)既罢官,有人问中书令和峤:"卿何以坐视元裒败而不救?"和峤说:"元裒如北夏门,拉擸自欲坏,非一木所能支。"元裒(póu):任恺字。北夏门:洛阳城北大夏门。北夏门将倾倒,不是一根木头能支撑的。拉擸:颓败,推倒。从:听任。料理:照顾,扶持。

7　"翁曾"句:陶渊明《荣木》诗有"采采荣木,于兹托根。繁华朝起,慨暮不存。贞脆由人,祸福无门"等语。

8　尘土人:指热衷名利的俗士。宁可用:岂能听。"顾青山"句:谓青山与我都不会理会尘土人的话。

9　楚狂接舆,作歌给孔子:"凤兮凤兮,何德之衰? 往者不可谏,来者犹可追。"且和:作歌且和接舆,有与接舆同道之意。

贺新郎

别茂嘉十二弟。鹈鸩杜鹃实两种,见《离骚补注》[1]

绿树听鹈鸩,更那堪鹧鸪声住,杜鹃声切[2]!啼到春归无寻处,苦恨芳菲都歇[3]。算未抵人间离别[4]。马上琵琶关塞黑,更长门翠辇辞金阙[5]。看燕燕,送归妾[6]。　　将军百战身名裂。向河梁回头万里,故人长绝[7]。易水萧萧西风冷,满座衣冠似雪。正壮士悲歌未彻[8]。啼鸟还知如许恨,料不啼清泪长啼血[9]。谁共我,醉明月?

辛勋于嘉泰二年(1202)赴两淮沿边之地为官,作者仿江淹《恨赋》的体裁作词送别。上下片分别叙述古来伤心诀别五事:王昭君出塞、阿娇入长门宫、庄姜送归妾、李陵别苏武、荆轲别燕太子,最后以啼鸟啼血为结。作者以赋体入词,又能变化创新,格调苍凉悲壮,足以激发出人们的历史责任感和为民族事业奋斗献身的精神。历来学者都对此词评价甚高。

1　茂嘉:即辛勋,辛次膺之孙,作者的族弟,十二是其排行。

据刘过《沁园春·送辛幼安弟赴桂林官》词所写,知此词乃作者送辛勔"筹边如北"之时,即其被派往淮东或淮西某地为官之时。鹈鴂(tí jué):夏至啼叫的一种鸟。《楚辞补注》说:"恐鹈鴂之先鸣兮,使夫百草为之不芳。"

2　鹧鸪先于春天鸣,杜鹃与鹈鴂则皆于夏至鸣,所谓一鸣则百草衰落,盖已至秋分。那堪:怎堪,不能忍受。

3　芳菲都歇:百草百花为之不芳之意。

4　算未抵:总比不上。

5　马上琵琶:指王昭君别汉关而出塞事。李商隐《王昭君》诗有"马上琵琶行万里"句。黑:指黑暗。"长门"句,言汉武帝陈皇后失宠,别金阙而入长门宫。

6　《诗经》有《燕燕》诗,是卫庄姜送归妾所作。诗有"燕燕于飞,差池其羽。之子于归,远送于野"句。

7　将军指李陵。李陵与匈奴百战而败,降于匈奴,身名俱裂。苏武出使匈奴,得归汉朝,李陵置酒与苏武告别,有"异域之人,一别长绝"的话。又李陵作诗与苏武,有"携手上河梁,游子暮何之"句。

8　荆轲为燕太子使,欲刺秦王,太子与众宾客白衣冠送别于易水上,荆轲作歌道:"风萧萧兮易水寒,壮士一去兮不复还!"易水在河北。

9　还知:倘知,如知。啼鸟:指杜鹃,夜啼达旦,血渍草木。

西江月

示儿曹，以家事付之

万事云烟忽过，百年蒲柳先衰[1]。而今何事最相宜？宜醉宜游宜睡。　　早趁催科了纳，更量出入收支。乃翁依旧管些儿，管竹管山管水[2]。

作者晚年时，以儿辈皆已成年，遂以家事托付，写下此词。在普通的交代家事的题材中，作者于极度超脱的意境中，隐寓对世事的不满。上片突出老者醉游睡的生理需求，下片强调纳租赋之外的人生担当，即尚需管理山水竹。一个有志有为的用世之士，终竟沦为只管山水不管家国大计的闲人，这其实是对社会现实的绝大讽刺。

1　万事如云烟过眼，百年似蒲柳衰老。
2　早趁：趁早。催科：官府催促科赋。了纳：民户交纳赋税。乃翁：老父。些儿：一些事。

浣溪沙

常山道中即事¹

　　北陇田高踏水频，西溪禾早已尝新。隔墙沽酒煮纤鳞²。　　忽有微凉何处雨？更无留影霎时云。卖瓜人过竹边村。

―――

　　嘉泰三年（1203）夏，作者起知绍兴府兼浙东安抚使，自铅山启程赴任。农民在北陇车水灌溉，家人在西溪尝新沽酒煮鱼，这些都是常山道上所见场景。天上飘落些许雨点，一会儿云无踪迹，卖瓜人走过前村。作者描绘的是江浙一带农村的日常生活，反映了一派和谐安详的景象。

―――

1　常山县在铅山县东，是自信州赴临安的必经之地。
2　北陇：北边的田地。踏水：用水车车水灌田。尝新：尝新谷。纤鳞：细鳞鱼，小鱼。

汉宫春

会稽蓬莱阁观雨[1]

秦望山头，看乱云急雨，倒立江湖[2]。不知云者为雨，雨者云乎[3]？长空万里，被西风变灭须臾[4]。回首听，月明天籁，人间万窍号呼[5]。　　谁向若耶溪上，倩美人西去，麋鹿姑苏[6]？至今故国人望，一舸归欤[7]！岁云暮矣，问何不鼓瑟吹竽[8]？君不见王亭谢馆，冷烟寒树啼乌[9]。

此词上片写登蓬莱阁远眺秦望山大雨的情景，然而须臾间狂风怒号，云廓雨霁，明月复现。自然界的伟力及变化加深了人们对哲理的领悟。下片联想到浙东大地的美女西施，以一己之力，最终把吴宫夷陵为麋鹿来游的废墟。浙人盼西子复归的愿望，是作者"吴楚足以恢复中原"理念的依据。然而回到现实中来，则是历史的兴亡取代了一切，宏图伟业完全落空。悲壮苍凉的情调，含蓄曲折的意蕴，令人回味。

1　会（guì）稽：为绍兴府郡名。蓬莱阁：在绍兴府知府衙门,卧龙山下。嘉泰三年(1203)夏,作者知绍兴府,这首词是六七月间登蓬莱阁时所作。

2 秦望山:在会稽东南四十里。秦始皇曾登山以望东海。大雨如注,遥望秦望山头,乌云似大地上的江湖,而大雨倾泻而下。

3 云雨交织,不知是云是雨。"云者为雨乎?雨者为云乎",《庄子》语。

4 万里长空,乌云和大雨被西风劲吹,霎时一扫而空。"须臾变灭",《维摩诘所说经》语。

5 天籁:天声,指风声。万窍号呼:指大风吹过,仿佛所有孔洞都发出号呼之声。此语原出《庄子·齐物论》。

6 谁向:谁到。若耶溪在会稽县南二十五里,乃西子采莲之所。美人谓西子,名施。越王得苎萝山美女西施,献之吴王阖闾,吴王为其筑姑苏台,朝夕游宴其上。越国最终灭了吴国,使姑苏台变成一片废墟。伍子胥曾说:"臣今见麋鹿游姑苏之台也。"

7 追勾践灭吴,范蠡复取西施,泛舟五湖而去。然而越国人民,至今都还盼望西子的小船回到故乡,而不是随范蠡游五湖。

8 岁云暮矣:一年将尽。鼓瑟吹竽:谓富实而快乐的日子。瑟和竽都是乐器。

9　东晋王、谢多寓居会稽。王羲之曾宴集山阴兰亭,谢安游宴于会稽东山,其孙谢灵运也在会稽有别业。王亭谢馆指此。如今皆掩埋在冷烟寒树之中,时闻乌鸦啼叫而已。

汉宫春

会稽秋风亭怀古[1]

亭上秋风，记去年袅袅，曾到吾庐[2]。山河举目虽异，风景非殊[3]。功成者去，觉团扇便与人疏[4]。吹不断斜阳依旧，茫茫禹迹都无[5]。　　千古茂陵犹在，甚风流章句，解拟相如[6]？只今木落江冷，眇眇愁余[7]。故人书报："莫因循忘却莼鲈。"[8]谁念我新凉灯火，一编《太史公书》[9]？

秋风起，思家乡的莼鲈脍，这是赋秋的常见典故。这首词也是以思归开头的。词中用了班婕妤、大禹、汉武帝的秋风故事，以切合秋风亭怀古的主题。但词中所表达的却是作者在进取与归欤之间的矛盾犹疑，虽有"功成者去"的千古悲情，然而他却以司马迁忍辱写作《史记》的精神激励自己。结句最为警醒：谁能理解我在新凉的灯火下，案头摆着《太史公书》的心境呢？

1　秋风亭：作者知绍兴府时所建，在知府衙内。此词作于嘉泰三年（1203）秋。

2　袅袅：轻盈摇摆。吾庐：指铅山瓢泉五堡洲的居所。

3　旧山河虽成异国，而风景不改。可见《水龙吟·登建康赏心亭》词注释。

4　事办成了，人却要离开。秋天一到，团扇便被弃置不用。这是班婕妤《怨歌行》的意旨所在。

5　禹迹：指大禹所划分的九州。越地是禹曾到的地方，禹又葬于会稽，但找不到禹的遗迹。

6　茂陵：汉武帝陵名。风流章句：指汉武帝所作《秋风辞》，有"秋风起兮白云飞，草木黄落兮雁南归"等句。解拟：能拟。此言不知《秋风辞》有哪几句诗可以比拟司马相如。

7　唐崔信明有"枫落江冷"的诗句。眇眇：远眺的样子。

8　故人：当指铅山旧友。因循：拖延。莼鲈：家乡的风味食物。已见《水龙吟·登建康赏心亭》词注释。

9　太史公书：司马迁为太史令，作《史记》，又称《太史公书》。

生查子

题京口郡治尘表亭[1]

　　悠悠万世功，矻矻当年苦[2]。鱼自入深渊，人自居平土[3]。　　红日又西沉，白浪长东去[4]。不是望金山，我自思量禹[5]。

———

　　嘉泰四年（1204）作者守京口以后，即有计划地开展对金作战的准备工作，以实现恢复失地的理想。"郡治尘表亭"的取名，本就有高出尘世之表的意思。作者登亭而望大江，望金山，缅怀远古夏禹治水的功绩，颂扬其在华夏民族繁衍发展史上所作的杰出贡献。作者就是要以夏禹为榜样，去拯救受难的万民。全词虽豪情万丈，却极为含蓄。"红日""白浪"两句，尤为雄壮，恰如其分地烘托了作者的胸襟和怀抱。

———

1　京口郡治即知镇江府衙门，在北固山前峰山腰。尘表亭在郡圃。嘉泰四年三月，作者守镇江。这首词即作于到任之初。

2　"悠悠"二句，指夏禹平治水土的伟绩，对于华夏民族，夏禹所建树的是万世之功。矻矻（kū kū）：劳作不懈的样子。

3　大禹治洪水，使之循行河道而奔流，鱼类既入海，然后人得平土而居。

4　红日、白浪，登北固山望大江时所见。

5　金山：在长江之中，距城七里。

南乡子

登京口北固亭有怀[1]

何处望神州？满眼风光北固楼[2]。千古兴亡多少事？悠悠，不尽长江滚滚流[3]。　　年少万兜鍪，坐断东南战未休[4]。天下英雄谁敌手？曹刘。生子当如孙仲谋[5]。

京口的创建者是孙权，故作者登北固楼而怀念孙权开基创业的自立自强、奋发战斗精神。上片有感慨历史兴亡的沉重和惆怅，下片则借孙权以自喻，展示恢复失地的决心，同时也隐寓对当国者怯懦无能的贬斥。三问三答，无限沉痛，感慨万千；一起一收，遥相呼应，气势无穷。前人对此词有"魄力雄大，虎视千古"的评语。

1　北固亭在镇江北固山顶，又名北固楼。此楼建于东晋，历代皆有修葺。词题所谓"有怀"，所感怀的大概即此楼的创建者和修葺者。

2　北固亭上北望，看不到中原，只有北固楼一带的风光。一问一答，气势极宏伟。

3 "千古"三句,再问再答,千古兴亡,都已融入不尽的长江东流水中。

4 万兜鍪(dōu móu):上万的士兵。兜鍪:甲士的头盔。坐断东南:指割据土地。三国孙权,十八岁接替其兄孙策,领会稽太守,占据东南之地,一生奋战不休。

5 此三句,三设问三答。曹操曾从容对刘备说:"今天下英雄,惟使君与操耳。本初之徒,不足数也。"又曾说:"生子当如孙仲谋,刘景升儿子,若豚犬耳。"

永遇乐

京口北固亭怀古[1]

千古江山，英雄无觅，孙仲谋处[2]。舞榭歌台，风流总被，雨打风吹去[3]。斜阳草树，寻常巷陌，人道寄奴曾住[4]。想当年金戈铁马，气吞万里如虎[5]。   元嘉草草，封狼居胥，赢得仓皇北顾[6]。四十三年，望中犹记，烽火扬州路[7]。可堪回首？佛狸祠下，一片神鸦社鼓[8]。凭谁问廉颇老矣，尚能饭否[9]？

作者平生志在率兵以平中原，及至晚年，以六十五岁高龄，登楼怀古，犹欲效少年英雄孙权、刘裕，北拒强敌，长驱入洛。上片"金戈铁马，气吞万里如虎"，语极雄壮，令人神往。下片以刘义隆草草北伐以至惨败，警示当时急欲北伐的韩侂胄。其后，回顾南归四十三年间往事及现实，从烽火扬州路到神鸦社鼓，指出南宋尚未有战胜金国的准备，心情沉重。结句以"廉颇能饭"的诘问收尾，极写烈士不老，雄心犹在。可以说，作者一生事业，尽数涵括于此词中，此当是稼轩词的代表作。

1　此词作于开禧元年（1205）春。据词中"神鸦社鼓"句，知此词当作于是年二月春社期间。时作者知镇江府。

2　孙权于建安十三年（208）自吴徙治丹徒，号京城，在京口开基创业。汉末，曹操以英雄自诩，又称刘备为英雄，又赞叹生子当如孙仲谋。仲谋：孙权字。

3　舞榭歌台等三国人物的风流遗迹，都已被历史的风雨吹打净尽。

4　寻常巷陌：平常小巷街道。寄奴：宋武帝刘裕小字。刘裕故宅在城南丹徒宫。

5　刘裕于东晋义熙五年（409）、十二年（416）两次率师北伐，先后攻破鲜卑南燕慕容超、后秦姚泓。金戈铁马：极写军容的雄壮。气吞万里如虎：写其气势如虎，可吞并万里之外的敌人。

6　元嘉：宋武帝子文帝刘义隆年号，共三十年。元嘉草率从事北伐以致失败，指元嘉七年（430）十一月，命征南将军檀道济北伐，败于滑台。草草：草率从事。封狼居胥：狼居胥山在漠北，汉霍去病出塞外二千余里，与匈奴左贤王接战，左贤王败遁，乃封狼居胥山而还。封：祭天的仪式。刘义隆于北伐前曾说："闻王玄谟陈说，使人有封狼居胥意。"其第一次北伐时，因滑台陷落，又曾作诗，有"惆怅惧迁逝，北顾涕交流"句，"赢得仓皇北顾"指此。

7　此三句所指,是作者自绍兴三十二年(1162)正月奉表南归,至开禧元年春,为时正四十三年。当年正值金帝完颜亮南侵兵败,身殒扬州,金军相继北归。作者一行人自楚州南下,经扬州到建康府行宫,朝见自行在前来视师的宋高宗。烽火扬州路,盖四十三年之后追忆的纪实语。

8　可堪:怎堪。佛狸:后魏太武帝拓跋焘小名。佛狸祠在真州瓜步。元嘉二十八年(451),因王玄谟北伐失败,后魏大举渡河,十二月,拓跋焘兵进瓜步,欲自此渡江。南宋时,瓜步山绝顶尚有元魏太武庙。神鸦:社日祭祀引来觅食的乌鸦。社鼓:每年立春立秋之后第五个戊日为社日,社鼓谓祭神的鼓声。

9　凭谁:由谁。赵国良将廉颇,晚年住在大梁,赵王思复用廉颇,派使者视廉颇是否可用,廉颇之仇人郭开贿赂使者,让他诋毁廉颇。赵使回报说:"廉将军虽老,尚善饭。然与臣坐,顷之三遗矢矣。"

玉楼春

乙丑京口奉祠西归，将至仙人矶[1]

江头一带斜阳树，总是六朝人住处[2]。悠悠兴废不关心，惟有沙洲双白鹭[3]。　　仙人矶下多风雨，好卸征帆留不住[4]。直须抖擞尽尘埃，却趁新凉秋水去[5]。

這是作者在鎮江罷官西歸途中經過仙人矶時所作，通過對六朝興廢的回顧，表達他不以個人榮辱為念，關心國家命運、時局發展的一片愛國熱忱。然而，終因這是一首以罷官奉祠為主題的歌詞，故不能不充滿了悲涼、激憤，以及那種急欲擺脫的心態。詞以懷古興起，"悠悠"兩句，不說憂國如焚，却寫白鷺閒暇，妙筆如花。而"風雨"二字，又喻示時代的動蕩，啟人深思。

1　乙丑：開禧元年（1205）。是年夏六月，作者被罷劾，罷知隆興府，改奉宮觀。此詞即是年七月奉祠西歸途中，經過仙人矶時所作。仙人矶在建康府西南江上，今南京市江寧區板橋鎮。據載，仙人矶橫于中流，巉岩峭壁，其下江流洶涌。

2　六朝：指吴、东晋、宋、齐、梁、陈。六朝均建都于建康。

3　倒置句，反言非常关心此地的悠悠兴废、历史陈迹。

4　好：宜，应。言本应在仙人矶下躲避风雨，然而既遭际此辱，决心乘风冒雨，也要离开此地。

5　抖擞尽：震落，抖落掉。新凉秋水：指新生渐凉的大江秋水。不是说旧居秋水堂、秋水观。

瑞鹧鸪

乙丑奉祠，舟次余干赋[1]

江头日日打头风，憔悴归来邴曼容[2]。郑
贾正应求死鼠，叶公岂是好真龙[3]？　　趦居
无事陪犀首[4]？未办求封遇万松[5]？却笑千年曹
孟德，梦中相对也龙钟[6]。

作者自镇江归来，将至铅山，乃作词一吐怀抱。词中将
开禧间的韩侂胄比为篡汉的王莽，谴责之语极为严峻。作者
总结晚年再出的是非，表示自己除了恢复失地的大目标外，决
不肯为了求取功名而谄媚韩侂胄等当权者。显然，作者预料
群小必对自己晚年的出仕肆加污蔑，故六用典故，或寄托或自
拟，或借以嘲讽，从而划清了与韩侂胄一党的界限，此是其晚
年词作中的重要作品。

1　这仍然是开禧元年（1205）秋奉祠西归所作，不过，行程已
近尾声，是在江行抵达余干时的词作。余干县属江东路饶州，
在州东一百六十里。
2　打头风：即逆风，顶风。汉代邴（bǐng）曼容，养志自修，为
官不肯过六百石，辄自免去。所谓六百石，汉代中级官吏包括

人口过万的县令俸禄皆六百石,佩铜印。

3　郑人称玉未理者璞,周人称鼠未腊者璞。周人问郑人是否买璞,出其璞视之,乃鼠。因谓眩于名不知其实的人叫郑贾(gǔ)。此句自责未能识别开禧间主张北伐者并非真的要恢复中原的本来面目。叶(shè)公子高好龙,龙闻而下之。叶公见后,落魄逃走。此言韩侂胄如叶公之好龙,仅用来标榜而已,此作者自伤其开禧间的际遇。

4　犀首即魏国的公孙衍,为魏相。因无所事事,好饮。“孰居”句,言谁能陪闲居无事的犀首饮酒?自说不肯像无聊文人、闲客那样去趋奉韩侂胄。

5　未办:不能,未尝。万松:指宋长万、张伯松。宋长万有勇力,因宋闵公辱他为鲁囚,遂搏杀宋闵公。仇牧遇长万于宫门,叱之,亦被长万搏杀。张竦在王莽专权期间,因其从兄张绍与汉宗室刘崇谋反,伙同刘崇之父刘嘉上奏,欲掘刘氏家族宫室,汇成污水塘。王莽大悦,封竦与刘嘉为侯。长安流传民谣:“欲求封,过张伯松。力战斗,不如巧为奏。”张竦字伯松。这两句是自辩,其晚年既不能靖君难而立功,也不曾媚权臣而求封。

6　孟德:曹操的字。曹操虽有“老骥伏枥,志在千里”的诗句,然而在梦中相见,却已老态龙钟了。虽暮年壮心,无奈已老。是自伤自嘲的话。